暴虐

強請屋《ゆすりや》稼業

南 英男

祥伝社文庫

目次

プロローグ 5
第一章 新婦の爆死 19
第二章 闇献金の強奪 92
第三章 新たな疑惑 151
第四章 怪しい秘密結社 208
第五章 狂気の抹殺《まっさつ》計画 259
エピローグ 314

強請屋《ゆすりや》稼業《かぎょう》シリーズのおもな登場人物

見城《けんじょう》　豪《すぐる》……………渋谷《しぶや》に事務所を構える私立探偵。6年前まで警視庁赤坂《あかさか》警察署の刑事で、刑事課と防犯（現・生活安全）課に所属していた。36歳。

帆足里沙《ほあしりさ》……………パーティー・コンパニオン。見城の恋人。25歳。

百面鬼竜一《どうめきりゆういち》…………警視庁新宿《しんじゆく》警察署刑事課強行犯係の刑事。見城の友人。40歳。

松丸勇介《まつまるゆうすけ》…………フリーの盗聴防止コンサルタント。見城の友人。28歳。

唐津《からつ》　誠《まこと》…………毎朝日報《まいちようにつぽう》社会部記者。見城とは刑事時代から知り合い。元エリート記者だが、離婚を機に遊軍を志願。42歳。

プロローグ

闇《やみ》が白い。

牡丹雪《ぼたんゆき》のせいだ。雪は激しく降りしきっている。

東京湾は静かだった。ライトアップされた東京港連絡橋《レインボーブリッジ》が何か幻想的に見える。一九九七年一月中旬のある夜だ。

いつになく船影は少ない。碇泊《ていはく》中の外国貨物船も疎《まば》らだった。白と青に塗り分けられたレストランシップが緩《ゆる》やかに滑《すべ》っている。

東京シーライン所属のメアリー号だ。二千八百トンの湾岸巡航専用船である。全長九十八メートルだった。居住区《ハウス》は三層で、どの階も高級レストランのような造りになっていた。本格的なフランス料理とクルージングを売り物にした大型クルーザーである。

夏の間は、なかなか予約が取れない人気ぶりだ。寒い季節は、団体客に貸し切りで利用されることが多い。

メアリー号は、午後七時に芝《しば》の日《ひ》の出桟橋《でさんばし》を出航した。まだ五分しか経《た》っていない。レインボーブリッジに差しかかったところだった。

一階のレストランホールでは、盛大な結婚披露宴が開かれていた。

新婦は二十四歳だった。現代的な美人で、プロポーションも悪くない。

すでに高輪《たかなわ》にある教会で、ごく内輪の挙式を済ませていた。そのときから、花嫁は感涙《かんるい》にむせび通しだった。

彼女の父親は堅気《かたぎ》ではない。広域暴力団熱川会《あたがわかい》の会長である。一見、商社の重役ふうの風貌《ふうぼう》だ。豊かな銀髪で、顔つきも柔和《にゅうわ》だった。知的な雰囲気さえ漂《ただよ》わせている。

だが、紛《まぎ》れもなく筋者《すじもの》だ。それも、関東やくざの御三家の一つに数えられる組織を束《たば》ねている大親分だった。当然、前科があった。

左手の小指の先はない。若い時分に不始末を起こし、指を詰めさせられたのだ。今夜は、精巧《せいこう》な造りの付け指を嵌《は》めていた。

新婦の母親も、赤坂《あかさか》の元芸者だった。

兄も多くの事業を手がけているが、いわゆる素《す》っ堅気《かたぎ》ではない。父親が取り仕切る組織に名を連《つら》ねていた。

新婦はミッション系の大学を卒業すると、ある信用金庫に就職した。職場の同僚の紹介で、三つ違いの新郎と出会った。

彼はコンピューター・エンジニアだった。好みのタイプだったが、新婦は恋愛には積極的にはなれなかった。家族のことを考えると、どうしても臆病《おくびょう》にならざるを得なかった。

新婦は深く傷つくことを恐れ、早々に交際中の恋人に身内のことを打ち明けた。

恋人はさすがに驚いた様子だったが、それで妙な偏見を抱《いだ》くことはなかった。そして、結婚はあくまで個人同士の結びつきであることを強調した。その言葉が嬉《うれ》しかった。

新婦は勇気づけられ、愛を紡《つむ》ぐ決意をした。

しかし、障害は大きかった。先方の家族が二人の結婚に猛反対したのである。

新婦は彼の辛《つら》い立場を察し、幾度《いくたび》も身を退《ひ》こうとした。

だが、そのつど新郎に卑屈になってはいけないと叱《しか》られた。彼は根気よく自分の両親を説得し、ついに二人の結婚を認めさせた。こうして二人は、晴れてゴールインしたわけだ。

披露宴の司会者は、名の売れたフリーアナウンサーだった。

さきほどから巧《たく》みな話術で、座を盛り上げている。宴席は早くも和《なご》み、時折、明るい笑い声が弾《はじ》けた。

新婦側の招待席には、保守系の国会議員、関八州《かんはっしゅう》の親分衆、芸能人、有名なアスリートなど約二百人が坐《すわ》っていた。

新郎側の列席者は百人にも満たなかった。残りの百余名は、熱川会の下部団体の幹部たちだった。新婦側が両家の招待客のバランスを考え、そういう配慮をしたのだ。

両家は披露宴のため、五百三十人乗りのレストランシップを貸し切りで借りていた。操船乗員《クルー》は十人だ。加えて、レストランスタッフが二十五人乗り込んでいた。

メアリー号は三時間かけて東京湾を巡航し、日の出桟橋に帰港することになっていた。新婚カップルは今夜は都心のホテルに泊まり、明日の正午前にオーストラリアに旅立つ予定だった。

「それでは、いよいよ入刀《にゆうとう》です」

司会者に促《うなが》され、新郎と新婦が椅子《いす》から立ち上がった。

招待客の視線が、高さ二メートルのウェディングケーキに注《そそ》がれた。

ケーキは本物だった。巨大なケーキは小さく切り分けられ、列席者に配られる手筈《てはず》になっていた。新郎と新婦が恥ずかしそうに身を寄せ合い、目でほほえみ合った。

カメラのストロボが、あちこちで閃《ひらめ》いた。

新婦の父親は天井を振り仰《あお》いでいた。目尻《めじり》から、いまにも涙の雫《しずく》が零《こぼ》れそうだった。かたわらの妻が、さりげなく自分のハンカチを夫に手渡す。

新郎と新婦が、リボンで飾られた銀色のケーキナイフを持ち上げた。二人の手は重ねられていた。

また、ストロボが一斉に光った。ナイフの先がケーキの中に浅く埋まった。

そのとき、凄《すさ》まじい爆発音が轟《とどろ》いた。腸《はらわた》を抉《えぐ》るような炸裂音《さくれつおん》だった。

赤い閃光《せんこう》も大きかった。

床が揺れ、円卓がことごとく宙に浮き上がった。料理や食器が舞い、ビールやワインが飛び散った。列席者のほぼ半数は爆風に吹き飛ばされていた。

壁面に叩《たた》きつけられた者も少なくなかった。新郎と新婦は、手脚《てあし》を失った状態で壁に近い床に倒れた。

悲鳴と呻《うめ》き声が交錯《こうさく》し、子供たちは泣き喚《わめ》きはじめた。

吹き飛ばされた男女がホールに幾重《いくえ》にも折り重なった。衣服が千切《ちぎ》れ、血を流している。まさに地獄図だった。

新郎と新婦は、しっかとケーキナイフを握りしめていた。

しかし、どちらの片腕も完全に付け根から捥《も》げていた。上半身には、生クリームと血糊《ちのり》がべったりと付着している。

新郎の顔はなかった。新婦の顔面には、シャンデリアの破片が幾つも突き刺さっている。血の条《すじ》が痛ましい。純白のドレスは血みどろだ。ところどころ焼け焦《こ》げている。

むろん、二人とも息絶えていた。

末席にいる新郎新婦の両親は、軽い怪我を負っただけだった。四人はわが子に駆け寄り、その場にへなへなと坐り込んだ。

そのすぐ近くで司会者が死んでいた。マイクを握って、かすかな笑みを浮かべている。

披露宴会場は、たちまちパニックに陥《おちい》った。

招待客は半狂乱で、出口に殺到した。転んだ老女の背を平気で踏みつける男たちもいた。何人かの子供が大人たちに押し倒された。

スプリンクラーが自動的に作動したが、火の勢いは強まる一方だった。操船乗員たちは空《から》になった消火器を抱《かか》えたまま、茫然《ぼうぜん》と立ち尽くしている。

メアリー号から百数十メートル離れた海上に、一隻のフィッシング・クルーザーが浮かんでいた。船体の色はオフホワイトだった。コックピットには、二人の男がいた。どちらも三十歳前後だ。

舵輪《だりん》に手を掛けている男が、横に坐った相棒に話しかけた。

「やったな」

「ああ。円窓《まるまど》が一斉に砕《くだ》け散った。いい眺めだったぜ」

男はうそぶき、文庫本サイズの起爆装置を掌《てのひら》の上で弾《はず》ませた。左手には、暗視双眼鏡を握っている。

「さて、次の仕事に取りかかろうや」

操縦席の男がそう言い、セレクターを前進《アヘッド》に入れた。

フィッシング・クルーザーは快調に走りだした。お台場海浜公園《だいばかいひん》の脇《わき》を抜け、十三号地公園の岸壁に横づけされた。そこには、仲間がいた。二十六、七歳の男だった。

その男が岸壁から縄梯子《なわばしご》を垂《た》らした。

風は弱い。縄梯子は煽《あお》られなかった。二人の男がクルーザーのデッキから縄梯子を使って、器用に陸《おか》に上がった。どちらも身ごなしは敏捷《びんしょう》だった。

三人はメタリックグレイの四輪駆動車に乗り込んだ。レンジローバーである。

乗り捨てたフィッシング・クルーザーは、数時間前に荒川《あらかわ》の河口近くで盗んだ物だった。エンジンとバッテリーを直結させるのに、たったの一分しかかからなかった。

四輪駆動車の運転席に腰を沈めているのは、縄梯子を投げた男だ。取り込んだ縄梯子は荷台にあった。

助手席にいる男が起爆装置をいじりながら、ドライバーに顔を向けた。

「ちょっと気になるタクシーがあそこに……」

運転席の男が言って、台場駅の方に視線を放った。

駅前に黄色っぽいタクシーが停《と》まっている。ヘッドライトは消されていたが、料金メーターは倒されていた。

「ここからじゃ、よく見えないな」

「あのタクシーに乗ってるのは、二十六、七歳の女です。おれ、さっき確かめたんですよ」

「まさか刑事じゃないだろう。きっと誰かを待ってるにちがいない」

「そうですかね」

「いいから、車を出せ」

助手席の男が命じた。

ドライバーは黙ってうなずき、レンジローバーを発進させた。湾岸道路と並行《へいこう》している一般道路をゆっくりと進んでいく。ややあって、タクシーも動きはじめた。

「後ろのタクシー、この車を尾《つ》けてるんじゃないかな」

ドライバーが不安顔で呟《つぶや》いた。

「びくつくなって」

「でも、おれたちの正体を突きとめようとしてるのかもしれませんよ」

「タクシーに乗ってる女が、おれたちにとって都合《つごう》の悪い女だったら……」

「葬《ほうむ》ればいいさ」

後部座席の男が、後の言葉を引き取った。歌うような口調だった。

運転者は何か言いかけたが、すぐに口を噤《つぐ》んだ。

四輪駆動車は東雲《しののめ》から晴海《はるみ》通りに入り、日比谷《ひびや》方向に向かった。半蔵門《はんぞうもん》から新宿《しんじゆく》通りをたどって、やがて歌舞伎町《かぶきちよう》に入った。

降雪で、ふだんより人出は少ない。

それでも、ネオンやイルミネーションはいつも通りに瞬《またた》いていた。飲み屋や風俗店の前には、客引きの男たちが立っている。

けばけばしい身なりのキャッチガールの姿も、ちらほら目につく。彼女たちは一様《いちよう》に足踏みをしていた。さすがに寒さが身に応《こた》えるのだろう。

不法滞在らしき中国人たちが街頭にたたずみ、何か声高《こわだか》に喋《しやべ》っている。ホステスと思われる姿もあった。

「やっぱり、例のタクシーがぴったり尻《けつ》にくっついてますよ」

「そうか」

「いいんですか？」

「気の小さい奴だな。おまえ、そろそろサングラスをかけろ」

助手席の男がドライバーに指示した。

運転者は黒革《くろかわ》のブルゾンの内ポケットから色の濃いサングラスを取り出し、目許《めもと》を覆《おお》った。車は区役所通りを走っていた。

助手席の男がグローブボックスを開け、二つの黒い目出し帽《フェイスマスク》を抓《つま》み出した。片方をリアシートに投げ、すぐにフェイスマスクを被《かぶ》った。目と鼻の一部が見えるだけだ。

後ろの男が倣《なら》い、横に置いてある木箱を両手で持ち上げた。箱の中には、ちょうど十個の手榴弾《しゅりゅうだん》が入っている。助手席の男は革手袋を嵌《は》めると、両手で五つの手榴弾を摑《つか》み上げた。それをパーカのポケットに無造作に突っ込んだ。

後ろの男も同じことをした。

二人はそれぞれ床《フロア》からイスラエル製の短機関銃《サブマシンガン》を摑み上げ、懐《ふところ》に抱え込んだ。男たちはパーカの前を搔《か》き合わせた。

ほどなく四輪駆動車は、バッティングセンターの横に停止した。

「タクシーの女から目を離すな」

助手席の男が運転者に言い、素早く車を降りた。後ろの男も外に出る。

二人は小走りに風林《ふうりん》会館のある方に引き返しはじめた。風林会館の周辺には、およそ百八十の暴力団の組事務所がある。暴力団新法で、組の代紋《だいもん》を掲《かか》げることはできない。どの組事務所も、表向きは商事会社や不動産会社になっている。

関東やくざの御三家の二次団体は、十カ所しかない。

そうした組事務所には百人前後の構成員がいる。といっても、常時、全員が組事務所に詰めているわけではない。いつも詰めている組員は、せいぜい十四、五人だ。二次団体クラスになると、自社ビルを持っている。

しかし、三次、四次の下部組織は雑居ビルのワンフロアを借りている場合が多い。五次の末端組織になると、たいてい一室を借りているだけだ。組員も十人前後と少ない。

約百七十の組は、三次以下の団体だった。組事務所の数こそ多いが、歌舞伎町のやくざは二千数百人しかいない。

二人の男は風林会館の横で二手に分かれた。

どちらも、御三家の二次団体の組事務所をめざした。男たちはおのおの五カ所の組事務所に手榴弾を投げ込み、抵抗する組員たちをUZI《ウージー》で撃ち倒した。

二人は十カ所の二次団体を回り終えると、路上にいる不法滞在のイラン人、中国人、タイ人、フィリピン人などを無差別に射殺した。

鮮血が、積もりはじめた雪を斑《まだら》に染めた。流れ弾《だま》に当たる通行人もいた。

男たちは手早く弾倉《マガジン》を交換しながら、併《あわ》せて二百数十発の九ミリ弾を乱射した。

空薬莢《からやっきょう》が空《くう》を泳ぎ、綿雲《わたぐも》のような硝煙《しょうえん》がたなびいた。運悪く通り合わせた男女は慌《あわ》てて身を伏せたり、近くのビルの中に逃げ込んだりした。

二人の男は目配《めくば》せし合って、四輪駆動車に駆け戻った。

十数分の凶行だった。レンジローバーは半ドアのまま、勢いよく走りだした。

ナンバープレートの数字は、粘着テープで隠されて見えなかった。

男たちの車はタイヤを軋《きし》ませながら、職安《しょくあん》通りを右折して河田町《かわだちょう》方面に向かった。黄色いタクシーが四輪駆動車を追う。

「どこか人気《ひとけ》のない場所にタクシーを誘い込んでくれ」

助手席の男が、ドライバーに言った。

「女を車から引きずり出して、正体を吐《は》かせるんですね？」

「それだけじゃない」

「殺《や》るんですか⁉」

「そうだ。ついでに、運ちゃんも始末しよう」

「運ちゃんは脅《おど》すだけでいいんじゃないのかな」

ドライバーが独《ひと》りごちた。

「甘いな、おまえは」

「どこがです？」

「おれたちは、運ちゃんにも顔を見られただろう」

「ええ、おそらくね」

「だから、消しちまったほうがいいのさ」

助手席の男はフェイスマスクを外し、おもむろに煙草をくわえた。


翌朝の九時ごろ、黄色いタクシーは大田《おおた》区の外れにある東京港野鳥公園の際《きわ》で発見された。

エンジンのかかった車の中で、初老の運転手は絶命していた。側頭部を至近距離から撃たれ、シートに倒れ込む恰好《かっこう》だった。

客の若い女の死体は、タクシーのそばに転がっていた。仰向《あおむ》けだった。すっぽりと雪に覆われた被害者は下半身だけ裸にされていた。

レイプされ、左胸と性器を撃たれている。秘部の肉は大きく抉《えぐ》れ、内臓の一部が食《は》み出していた。口の中には、脱がされた水色のパンティーが突っ込まれていた。

惨《むご》たらしい殺され方だった。

二つの死体を発見したのは、近所の住民たちだ。第一発見者が、ただちに一一〇番通報した。

警視庁機動捜査隊と大森《おおもり》署の刑事たちが現場に到着したのは、午前九時二十分過ぎだった。真っ先に鑑識作業が開始された。

二人の所持品から、被害者の身許はすぐに判明した。

男はハッピー交通勤務の木崎恒《きざきひさし》、五十八歳だった。女は東都《とうと》テレビ報道部記者の雨宮《あまみや》深雪《みゆき》、二十七歳だ。

二人とも、現金や貴金属類は奪われていなかった。

同じ日の朝刊やテレビニュースで前夜のレストランシップ爆破事件、歌舞伎町の無差別テロは大々的に報じられた。爆破事件の死者は三十七人にのぼり、重軽傷者は八十人近かった。

歌舞伎町で発生した事件では三十一人の暴力団員が死亡し、九人の不法滞在外国人が命を落とした。負傷者の数は五十数人だった。

警察はいま現在、どの凶悪事件についても有力な手がかりを得ていない。

第一章　新婦の爆死

1

溜息《ためいき》が出そうだった。

依頼人は、いっこうにひとり掛けソファから立ち上がる気配を見せない。調査報告が気に入らないのだろう。

見城《けんじよう》豪《すぐる》は、また煙草《たばこ》に火を点《つ》けた。

自宅を兼ねたオフィスだ。『渋谷《しぶや》レジデンス』の八〇五号室である。

間取りは1LDKだった。マンションは渋谷区桜《さくらがおか》丘町《ちよう》にある。JR渋谷駅の近くに建つ賃貸マンションだ。

三十六歳の見城は私立探偵である。

『東京リサーチ・サービス』などという大層《たいそう》な社名を掲《かか》げているが、まったくの個人営業だった。調査員はおろか、女性事務員も雇《やと》っていない。見城は自分だけで、すべての依頼に応じていた。

といっても、守備範囲はそれほど広くない。もっぱら男女の素行調査を手がけていた。それでも時々、失踪《しっそう》人捜《さが》しや脅迫者の割り出しを依頼される。単純な浮気調査よりも、その種の依頼のほうがはるかに興味深い。

見城は六年前まで、赤坂署防犯（現・生活安全）課の刑事だった。ちょっとした傷害事件を引き起こし、依願退職に追い込まれてしまったのだ。やめたときの職階は警部補だった。

「あと五日、追加調査していただけないかしら？」

依頼人の橋口容子《はしぐちようこ》が言った。

三十歳の大学講師である。美人は美人だが、ほとんど色気は感じさせない。目許《めもと》に険《けん》があった。きつい印象を与える。

「お金が無駄になるような気がするな。この一週間、あなたに貼《は》りついてみたが、ストーカーらしい影は見えませんでしたからね」

ストーカーは、特定の相手に妄想による一方的な恋愛感情や思い込みに衝《つ》き動かされて、執拗《しつよう》に追いかけ回す。かつては芸能人や人気アスリートたちが標的にされたものだが、いまは一般のＯＬや女子大生なども狙《ねら》われている。

「わたしにつきまとってた変質者は、あなたの存在を覚《さと》ったのよ。だから、わざとわたしに近づかなかったんだと思うわ」

「そうなんだろうか」

見城は小首《こくび》を傾《かし》げた。

「被害妄想だとおっしゃりたいの？」

「そうは言ってません。ただ、神経過敏《ナーヴァス》になってるんじゃないかと……」

「わたしが変な男に狙われてるのは事実なんですっ。駅から何度も尾《つ》けられたし、ベランダの洗濯物を取り込んでるときにも、下の道路から誰かに見られてる気配をはっきりと感じました」

「その割に、あなたは怪しい男の姿かたちや年恰好《としかっこう》を覚えてなかった」

「恐ろしくて、相手のことをよく見られなかったのよ」

「それにしても……」

「このままじゃ、ノイローゼになりそうだわ。アメリカのストーカーはインテリ女性を多く狙っているという話だから、おそらく日本でも自立してる知的女性が標的《ターゲット》にされているのでしょう」

「確かに、あなたはインテリ女性です。しかし、ここは日本なんだ。面識のない女性を自分の恋人か何かと思い込んで、しつこくつきまとうストーカーがそう多くいるとは思えませんね」

「ある統計によると、二十年ほど前から日本の犯罪はアメリカのそれに近づいてるそうよ。事実、麻薬や銃器絡《がら》みの事件が激増してますでしょ?」

容子が縁《ふち》なしの眼鏡を軽く押さえ、見城の顔を直視した。

「そういう傾向があることは知ってます。しかし、ストーカーがそう増えたというデータはないんじゃないかな」

「わたし、怖いんですよ。半年ぐらい前から、才色兼備の独身女性が三百人以上も行方不明になってますでしょ?」

「ええ」

見城は、頻発《ひんぱつ》している失踪事件に密《ひそ》かに関心を持っていた。突然、姿を消した女たちは知的な美女ばかりだった。

「わたし、セクシーじゃないけど、容姿《ようし》は十人並《なみ》以上だと思うの。それから、知的レベルもただのOLなんかよりは高いはずよ」

容子が自信満々に言った。見城はロングピースの火を消し、口の端《はし》をたわめた。

「なんだか皮肉っぽい笑い方をされたわね。わたし、うぬぼれています?」

容子が挑《いど》むような口調で訊《き》いた。

「そんなことはないでしょう。あなたは、掛け値なしにインテリ美人です」

「そこまで言われると、なんだか小ばかにされてる感じね。だけど、一応、そういう部類に入ると自分では思ってるの」

「だから、ストーカーだけじゃなく、謎《なぞ》の誘拐組織にも狙われるかもしれないというわけですね?」

「ええ、まあ。そういう不安があるの。だって、もう三百人以上の知性派美人が忽然《こつぜん》と姿をくらましてるんですよ。そんなにたくさんのインテリ女性が自分の意思で蒸発をするわけないでしょ? きっと人身売買組織にさらわれて、アラブの王族か南米あたりの成金《なりきん》に売り飛ばされたにちがいないわ」

「そうなんだろうか」

見城は依頼人と話していることが次第に苦痛になってきた。

このタイプの女は最も嫌いだった。真の知識人は、自分では決してインテリとは言わないものだ。もちろん、才女は自分の容姿を誇ったりもしない。

「わたし、誘拐されて、野蛮《やばん》な男たちの玩具《おもちゃ》にされるぐらいだったら、いっそ死んでしまいたいわ」

容子が言った。

見城は、冷《さ》めたブラックコーヒーを啜《すす》った。

「ストーカーらしい男のことも気になりますけど、正体不明の誘拐組織のことはもっと怖いんですよ。割増料金を払うから、しばらくわたしの身辺のガードもお願いできませんか？」

「そうした依頼にはお応《こた》えできないな。探偵屋の領分じゃないんでね。それに、荒っぽいことは苦手なんですよ」

「そんなふうには見えないわ。顔の感じは優男《やさおとこ》タイプだけど、逞《たくま》しい体をしているもの」

容子がそう言い、見城の全身を無遠慮に眺《なが》め回した。

確かに見城は、ちょっと見は優男に映る。切れ長の目は涼しく、鼻も高い。だが、性格はきわめて男っぽかった。

腕っぷしも強い。実戦《フルコンタクト》空手三段、剣道二段だった。柔道の心得もあった。

身長百七十八センチ、体重七十六キロだった。全身の筋肉は鋼《はがね》のように硬い。贅肉《ぜいにく》は少しも付いていなかった。シルエットはすっきりとしている。

「お金なら、ご希望の額をお払いするわ。わたし自身は経済的にそれほど豊かじゃないけど、父が手広く事業を手がけてるから」

「三十にもなって、親の脛《すね》を齧《かじ》るのは感心しないな」

「いいのよ。学者の卵は、お金にあまり縁がないってことを父もわかってくれてるので。いま住んでるマンションの家賃も、実は父に払ってもらってるの。父は、わたしに無心されることを喜んでるみたいなんです」

「むしろ、親孝行をしてる？」

「ま、そうね。一日十万円ぐらいの報酬なら、お支払いできます」

「悪くない話だね」

「それじゃ、わたしのボディーガードになってもらえます？」

容子が目を輝かせた。

「条件は悪くないが、こっちは人間の好き嫌いが激しいんですよ。きみのような高慢な女は大っ嫌いなんだ」

「まあ！」

「悪いが、帰ってくれないか」

見城は言い放った。すでに、これまでの調査費用は受け取っていた。

「わたしが高慢ですって⁉　あなた、人間観察の勉強が足りないわね」

容子が強張《こわば》った顔で言い、茶系のウールコートとハンドバッグを摑《つか》んだ。

「早く消えてほしいな」

「何よ、偉《えら》そうに。しがない探偵が何様のつもりなのっ」

「そっちこそ、才女ぶってると、物笑いにされるよ」

見城は厭味《いやみ》を言った。

「まあ、失礼な！」

「早くお引き取り願いたいな」

「帰るわよ。いま、帰りますっ」

容子がソファから腰を浮かせ、玄関ホールに向かった。

見城は立ち上がらなかった。ほどなく容子が荒々しく部屋を出ていった。見城は苦笑し、煙草に火を点けた。ヘビースモーカーだった。

確かに、しがない探偵屋にしか見えないだろう。見城はそう思いながら、十五畳のＬＤＫを見回した。

いま腰かけている応接ソファセットがリビングのほぼ中央にあり、壁側にはスチールのデスク、キャビネット、パソコン、テレビ、資料棚などが所狭しと並んでいる。オフホワイトのアコーディオン・カーテンの向こうは、四畳ほどの広さのダイニングキッチンだった。

コンパクトなダイニングテーブルの上には、食べかけの冷凍ピラフが載《の》っている。大手調査会社や探偵社の広々としたオフィスとは、まるでたたずまいが違う。

都内には、五百数十社の調査会社がある。その約六割が見城と同じ一匹狼の探偵だった。固定客に恵まれない調査員は職業別電話帳やスポーツ新聞などに派手な広告を載《の》せ、ひたすら客を待つ。

どこも依頼件数は、あまり多くない。元刑事の見城でさえ、多い月で五、六件の調査依頼しかなかった。少ない月は、たったの一件ということもある。

不倫調査は一件、だいたい二、三十万円にはなる。しかし、月に調査の依頼が一件だけでは赤字も赤字だ。家賃や光熱費すら賄《まかな》えない。

本業の収入は、きわめて不安定だった。

だが、見城は喰《く》うに困ったことはない。彼は、ただの冴《さ》えない調査員ではなかった。その素顔は凄腕《すごうで》の強請屋《ゆすりや》だった。表稼業の調査を進めていくと、前代未聞のスキャンダルが透《す》けてくることがある。

醜聞《しゅうぶん》の主《ぬし》が救いようのない悪人とわかった場合、見城は非情に相手を脅《おど》し、巨額を強《ゆ》請《す》り取る。場合によっては、極悪人どもの愛人や愛娘《まなむすめ》も抱いてしまう。

見城は、財力や権力を持つ尊大な成功者たちの自尊心を傷つけることに快感を覚える性《た》質《ち》だった。実際、傲慢《ごうまん》な大物たちを嬲《なぶ》ることは愉《たの》しかった。

紳士面《づら》した悪人たちが怯《おび》え戦《おのの》き、不様《ぶざま》に許しを乞《こ》う姿を見るたびに下剋上《げこくじょう》の歓《よろこ》びを覚える。ある種の征服感とカタルシスも得られた。

見城は卑劣《ひれつ》な悪人たちにはひと欠片《かけら》の情けもかけないが、まともな人間から金品を巻き揚《あ》げるようなことはしなかった。弱者や敗者に注ぐ眼差《まなざ》しは常に温《あたた》かい。

といっても、別に義賊を気取っているわけではなかった。強請を重ねているのは、悪人狩りを愉しみたいからだ。

ありていに言えば、欲得もあった。金は、いくらあっても邪魔にはならない。

見城には、もう一つ裏の顔があった。

情事代行人だ。もともと甘いマスクの見城は、女たちに好かれる。そんなことから、夫や恋人に裏切られた女たちをベッドで慰《なぐさ》めるという副業に手を染めたわけだ。

情事代行の報酬は一晩十万円だった。

女好きの見城は、性の技巧に長《た》けている。これまで八十数人の相手に、深い愉悦《ゆえつ》を与えてきた。短い失神を味わった客も少なくない。感じすぎて、行為中に微量の尿を漏《も》らした者も何人かいた。

見城は、どんな相手にも最低三度はエクスタシーを与えている。したがって、謝礼のことで文句を言われたことは一度もない。その娯《たの》しいサイドビジネスでも、月に五、六十万円は稼いでいた。固定の上客も十数人はいる。

見城は喫《す》いさしの煙草の火を消し、卓上の遠隔操作器《リモート・コントローラー》を摑み上げた。

ちょうど午後三時だった。見城は一週間前の雪の夜に起こったレストランシップ爆破事件、歌舞伎町の無差別テロ、テレビ局報道記者の惨殺事件のことが気になっていた。

三つの凶悪な事件に興味を持ったのは、別に正義感に衝《つ》き動かされたからではない。強請の獲物《えもの》探しだった。血腥《ちなまぐさ》い事件の裏には、たいてい恐喝材料が転がっている。

テレビに、主婦向けのワイドショー番組が映し出された。芸能人のゴシップが報じられている。

見城は次々にチャンネルを替えた。一局だけニュースを流していた。

しばらく画面に視線を当てていたが、気になる凶悪事件の続報は伝えられなかった。十分ほどで、ニュースは終わった。

見城はテレビの電源スイッチを切り、長椅子《ながいす》に寝そべった。

ちょうどそのとき、玄関で物音がした。空き巣か。

見城は跳《は》ね起きた。ほとんど同時に、百面鬼竜一《どうめきりゆういち》がのっそりと居間に入ってきた。

新宿署刑事課強行犯係《きょうこうはん》の刑事だ。だが、風体《ふうてい》は筋者《すじもの》にしか見えない。

剃髪頭《スキンヘッド》で、いつも薄茶のサングラスをかけている。服装も派手好みだった。

四十歳の百面鬼は根っからの悪党刑事だ。暴力団から金品をせしめ、押収した麻薬や銃刀は西日本の犯罪組織に売り捌《さば》いて遊興費を捻出《ねんしゅつ》している。

また、百面鬼は歌舞伎町のソープ嬢や風俗嬢とはだいたい只《ただ》で寝ていた。ソープランドや風俗店の経営者たちの弱みをちらつかせて、女たちを提供させたのだ。

それだけではない。やくざ刑事は本庁の警察官僚《キャリア》や各所轄署の署長たちの不正の事実やスキャンダルを握っていた。それをいいことに、百面鬼は職場で好き放題に振る舞っている。

仕事は、ろくにしていない。やりたい放題だった。

百面鬼は覆面《ふくめん》パトカーを私物化していた。それも、車種はクラウンだった。

通常、覆面パトカーにはワンランク下の車が使われている。おおかた百面鬼は警察幹部の誰かを脅し、自分用にクラウンを買わせたのだろう。

法の番人である警察も腐敗しきっている。さまざまな不正がはびこり、脅迫の材料には事欠《ことか》かない。

アクの強い百面鬼は、署内で浮いていた。同僚たちには疎《うと》まれ、友人らしい友人もいない。ただ、なぜだか見城には気を許している。もう九年以上の腐れ縁だ。百面鬼は、見城の裏稼業の相棒でもあった。

「おっ、化粧の匂《にお》いがするな」

極悪刑事が大きな鼻をひくつかせた。紫色のスーツに、黒革《くろかわ》のロングコートを羽織《はお》っている。ネクタイはピンクだった。

「百《どう》さんの嗅覚《きゆうかく》は、麻薬犬並だね」

「ちょっと前まで里沙《りさ》ちゃんがいたみてえだな。当《ビ》たり《ンゴ》だろ？」

「外れだよ」

見城は首を横に振った。

里沙というのは、帆足《ほあし》里沙のことだ。見城の恋人で、二十六歳のパーティー・コンパニオンである。元テレビタレントだけあって、その容姿は人目を惹《ひ》く。里沙は週に一、二度、見城の部屋に泊まっている。

「見城ちゃん、どんな女を泊めたんだよ？」

「泊めてないよ。少し前まで、女性の依頼人がいたんだ。その女の残り香《が》さ」

「なんでえ、つまんねえの」

百面鬼がコートを脱ぎ、ソファにどっかと腰かけた。

「きょうも、田舎《いなか》のヤー公みたいな恰好してるな。東京育ちなんだから、もう少し垢抜《あかぬ》けた身《ナ》なりしなよ」

「うるせえや」

「それから、もう少し知的な雰囲気も欲しいね。一応、僧侶《そうりょ》の資格も持ってるんだからさ」

見城は茶化《ちゃか》した。百面鬼は練馬《ねりま》区内にある寺の跡継《あとつ》ぎ息子だ。

だが、仏性《ぶっしょう》や道徳心はひと欠片《かけら》もない。極道たちよりも凶暴で、万事に抜け目がなかった。おまけに、並外れた好色漢《こうしょくかん》である。

「わかってねえな、見城ちゃんは。おれはシャイな人間だから、知性の輝きを他人に見せたくねえんだよ。だから、あえて悪党ぶってるんだ」

百面鬼がにやついて、茶色の葉煙草《シガリロ》をくわえた。

手首に光っているのは、オーデマ・ピゲだった。文字盤はダイヤだらけだ。だいぶ前に、ある暴力団の組長から脅し取った超高級腕時計だった。

「一週間前の歌舞伎町の無差別テロの捜査は、その後、どうなってる?」

見城は問いかけた。

「昼飯喰《く》ってから捜査本部《チョウバ》を覗《のぞ》いたんだが、捜査はほとんど進んでねえな。熱川会、関東桜仁会《おうじんかい》、義友会《ぎゆうかい》の各二次団体の組事務所に殴り込み《カチコミ》かけたのは、黒いフェイスマスクを被《かぶ》った二人組だってことはわかってるんだが……」

「その二人の男が、路上にいたイラン人や中国人たちにUZI《ウージー》を乱射したことは間違いないんでしょ？」

「そいつはマスコミ発表通りさ。二人組が仲間のレンジローバーで職安通り方面に逃げ《フケ》たことも、目撃者《モク》の証言ではっきりしてる。ただ、その先の足取りがふっつりと途切れた状態らしいんだよ」

百面鬼が煙草の煙を口の端から吐《は》き出し、灰を太い指ではたき落とした。

「同じ夜に、熱川会の滝沢誠次《たきざわせいじ》会長の娘の留衣《るい》が新郎と一緒にリモコン爆弾で殺《や》られてる。そのことを考えると、兵庫《ひょうご》の最大組織が関東やくざを挑発したという疑いもあるね。最近、熱川会と神戸《こうべ》連合会の間で何か揉《も》め事《ごと》は？」

「去年の夏ごろから、産業廃棄物の受注を巡って双方の末端組織《エダ》の企業舎弟《しゃてい》がいがみ合ってきた。神戸連合会の末端組織が、熱川会系の産業廃棄物会社の取引先を二、三社、横奪《ど》りしたんだよ」

「神戸連合会は、その種の遣り繰り《シノギ》は関東やくざの御三家の縄張り内《シマウチ》ではやらないってことになってたはずだがな？」

　見城は言った。

「そういう協定があるんだけどな。本家と二次団体は、その取り決めをきちんと守ってる。けど、遣り繰《シノギ》りの厳《きび》しい下部組織は、そうきれいなことも言ってられねえんだろうよ。現に神戸連合会の末端組織が東京に進出して、街金《まちきん》、リース業、大麻、管理売春、偽造プリペイドカードの密売をやってる」

「本家は、見て見ぬ振りしてるわけか」

「必ずしもそうとは言いきれねえんだ。神戸連合会は準構成員も数に入れりゃ、約一万三千人（現在は八千人前後）のマンモス組織だからな。実際、本家は末端の末端までは目が届かないんだろうよ」

「そうかもしれないね。だとしたら、東京に進出した神戸連合会の末端組織が勝手に関東の御三家に矢を向けたとも考えられるな」

「ああ」

「熱川会を含めた御三家の動きは？」

「滝沢のとこは静観してるが、関東桜仁会のチンピラたちが一昨日《おととい》の夜、八王子《はちおうじ》にある神戸連合会系の企業舎弟《フロント》にダイナマイトをぶち込むって密告《タレコミ》があって、事前に凶器準備集合罪で押さえたんだ」

「義友会も、おそらく仕返しのチャンスをうかがってるんだろう。滝沢会長の娘と一緒に、あそこの副会長夫妻が爆死してるからな」

「ああ。関東桜仁会は会長と副会長の二人を殺《や》られてるから、また末端の人間が殴り込《カチコミ》みかけるだろうよ」

「熱川会の滝沢会長はどうしてるの？」

「娘と義理の息子になる男を同時に亡くして、悲しみに打ちひしがれてるらしいぜ。動きだすとしたら、もう少し先になるだろうな」

百面鬼がそう言って、葉煙草の火を消した。

「大森の事件《ヤマ》のほうの情報は、どうなの？」

「これという手がかりは摑めなかったよ。雨宮深雪ってテレビ局の報道記者が輪姦《りんかん》されてたことを、マスコミはぼかした表現を使ってたよな」

「そうだったね。被害者《マルガイ》が東都テレビの報道部記者だったんで、各社が表現をぼかす気になったんだろう」

見城は言って、煙草をくわえた。

「そうらしいな。けど、雨宮深雪が三人に輪姦されたことは司法解剖で、はっきりしてる」

「輪姦してから局部に銃弾をぶち込むなんて、あまりにも惨《むご》いな。おそらく雨宮って報道記者は、とことん拒《こば》んだんだろう」

「十数カ所の打撲傷があったって話だったからな」

「体液以外の遺留品《リユウ》は？」

「三人分の頭髪と陰毛、それから九ミリ弾の空薬莢《からやっきょう》だな」

「新聞報道によると、歌舞伎町と大森の事件の凶器《ヤマ》はUZI《ウージー》と断定されたらしいが……」

「その通りだよ。歌舞伎町から逃《フケ》げたレンジローバーには三人の男が乗ってたって目撃証言があるから、そいつらがハッピー交通の木崎って運転手を先に殺《や》って、そのあと雨宮深雪を手にかけたにちがいねえよ」

「雨宮深雪は犯人グループを尾行してたんじゃないのかな」

「そいつも、ほぼ間違いねえだろう。複数の人間がレンジローバーを追跡する黄色いタクシーを目撃してる」

百面鬼が言った。

「そのことは、マスコミで報道されなかったな。新宿署と大森署に置かれた二つの捜査本部が協議して、わざと伏せたようだね」

「当たり《ビンゴ》！　犯人どもに、すっかり手の内を見せたくねえのさ」

「百《どう》さん、引きつづき情報集めを頼むね」

「あいよ」

「それはそうと、一連のインテリ女性失踪事件のことで新しい手がかりは？」

「そっちも大きな収穫はなかったんだ。三百三人も行方不明になってるんだから、どこかで誰かが拉致《らち》してるとこを見てそうなんだがな」

「犯人グループは徒者《ただもの》じゃなさそうだね。おそらくプロの誘拐屋の犯行《ヤマ》なんだろう」

「おれも、そう読んでる。しかし、何も手がかりがねえんだから、首謀者を強請りようがない」

「そうだね」

見城は相槌《あいづち》を打った。

そのすぐ後《あと》、百面鬼の上着の内ポケットで私物の携帯電話が鳴った。電話をかけてきたのは女のようだ。百面鬼の厳《いか》つい顔が、だらしなく緩《ゆる》んでいる。遣《や》り取りは、それほど長くはなかった。

「どっかの女子高生に援助交際でも持ちかけられたのかな？」

「おれ、もうロリコン遊びはやめたんだ。十六、七の小娘とファッションホテルにしけ込むのは、やっぱり、後ろめたいからな」

「こないだまで青い果実は最高だなんて言ってたじゃないか」

「そうなんだけどな。小娘たちにも黒い着物を羽織《はお》らせたくなってきたんで、ちょっと自制することにしたんだよ」

百面鬼には奇妙な性癖《せいへき》があった。

パートナーの素肌に喪服《もふく》を着せないと、性的に昂《たか》まらないそうだ。しかも着物の裾《すそ》を跳《は》ね上げて後背位で貫《つらぬ》かなければ、決して射精しないという。

その性癖が災《わざわ》いして、悪党刑事は十数年前に新婚早々の妻に逃げられてしまった。それ以来、彼は生家で年老いた両親と暮らしている。もっとも外泊することが多く、親の家にはめったに帰らない。

「元婦警のランジェリーパブのお姐《ねえ》ちゃんからの誘いかな?」

「いや、新しい女をめっけたんだ。三十三歳のフラワーデザイナーなんだよ。おれに、花束《ブーケ》のデザイン画を見てくれって言ってきたんだ」

「へえ」

「そいつは体《てい》のいい口実で、おれとナニしたかったんだろう」

「好きだな、百《どう》さんも」

「そういうことだから、ちょっとハメてくらあ」

百面鬼が、すっくと立ち上がった。

「もう少し品のある言い方しなよ。教養を疑われるぜ」

「おれ、教養ねえもん。大学だって、裏口入学だったしな」

「その話は何度も聞いてるよ」

「そうだったっけな。ほんじゃ、また！」

「百《どう》さんは長生きするだろうな」

見城は極悪刑事の背に声をぶつけた。百面鬼が余裕たっぷりに笑い、蟹股《がにまた》で玄関ホールに向かった。

2

インターフォンが鳴った。

午後四時過ぎだった。見城は長椅子から立ち上がり、インターフォンの受話器を外した。

「調査をお願いしたいのですが……」

若い女の声が響いてきた。

「どうぞお入りください」

「それでは、お邪魔いたします」

「ええ、どうぞ」

見城はインターフォンの受話器を壁のフックに掛け、玄関に急いだ。

玄関には、二十六、七歳の聡明《そうめい》そうな美女が立っていた。細面《ほそおもて》で、色白だった。

見城は先に名乗って、玄関マットの上に客用のボアスリッパを置いた。

「わたし、綿引映美《わたびきえいみ》と申します」

来訪者が一礼し、ライトグレイのウールコートを脱いだ。ワインレッドのタートルネック・セーターに、下はツイード地のパンツだった。

見城は綿引映美を居間のひとり掛けソファに坐《すわ》らせ、二人分のコーヒーを淹《い》れた。居間とダイニングキッチンの間にあるアコーディオン・カーテンを引き、美しい依頼人と向かい合う。

「きょうはお休みでしたの？」

映美が控え目に室内を見回し、そう問いかけてきた。部屋の中は、だいぶ散らかっていた。

見城は太編みのセーター姿だった。下は厚手のチノクロスパンツだ。

「いいえ、営業中ですよ。わたしはネクタイが苦手で、いつもラフな恰好をしてるんです」

「そうなんですか。何か失礼なことを言ってしまったようで、ごめんなさい」

「別に気にしてませんよ。早速《さっそく》ですが、ご依頼の内容は？」

「一週間前に東京湾内でメアリー号という湾岸巡航船のレストランホールが爆破されたことをご存じでしょ？」

「もちろん、知っています。大変な惨事でしたからね」

「実は、爆死した花嫁の滝沢留衣はわたしの従妹《いとこ》なんです」

映美が言った。

「そうすると、あなたは熱川会の会長の姪《めい》ということになるんですね？」

「はい。わたしの母の弟が滝沢誠次なんです」

「そう」

「留衣ちゃん、いえ、滝沢留衣とは小さいころから姉妹のように仲がよかったんですよ。ですので、従妹の死はすごくショックでした。いまも彼女が死んだことが信じられない気持ちです」

「そうでしょうね。事件当夜、あなたはレストランシップに乗ってなかったんですか?」

見城は問いかけ、煙草をくわえた。

「メアリー号には乗っていました。でも、わたしは末席にいたんですよ。それで、幸運にも掠《かす》り傷ひとつ負いませんでした」

「それは、不幸中の幸いでしたね」

「ええ」

「それで、どのような調査をご希望なんでしょう?」

「リモコン爆弾をメアリー号に仕掛けた犯人を捜していただきたいのです」

「ちょっと待ってくれませんか。それは、警察の仕事ですよ」

「本来は、そうですよね。ですけど、警察はあまり爆破事件の捜査に熱心ではないようなんですよ。叔父が広域暴力団の会長だからかもしれません」

「それは、僻《ひが》みっぽい考え方なんじゃないかな。メアリー号の事件では三十七人が亡くなり、約八十人の方が重軽傷を負ったんです。その中には、大物政治家や芸能人も混じっていた」

「ええ、そうですね。おっしゃるように捜査に熱心ではないと思うのは、僻みかもしれません。それはそれとして、捜査が難航していることは間違いないと思います。事件から一週間経《た》っても、捜査当局はまだ爆破犯を絞り込めていないのですから」

映美が言った。

「警察がてこずってる事件を一介の私立探偵が解決するなんてことは、とてもできませんよ。どんな捜査もチームプレイなんですから」

「あなたが元刑事さんだったことは、叔父の組の幹部の方から聞きました。とても優秀な刑事さんだったそうですね」

「とんでもない。でたらめばかりやって、赤坂署にいられなくなったはぐれ刑事ですよ」

「ご謙遜《けんそん》なさって……」

「実際、その通りだったんだ」

「でも、捜査本部の方たちよりは有能なんでしょうから、ぜひお願いしたいんです」

「えらく買い被《かぶ》られちゃったな」

見城は短くなった煙草の火を消し、映美にコーヒーを勧《すす》めた。映美がうなずき、しなやかな指でコーヒーカップを持ち上げる。

「従妹の留衣さんとは、幾つ違いなんです？」

「二つ違いです」

「というと、あなたは二十六歳か」

「やっぱり、そうか。ただのOLじゃないと思ってたんですよ。勤務先の社名は？」

「大手食品会社のバイオ研究所に勤めています」

「お仕事は？」

「はい」

見城は訊いた。

映美がハンドバッグから名刺を取り出し、コーヒーテーブルの上に置いた。見城は名刺に目をやった。共進《きようしん》食品工業という文字が見えた。インスタント食品、缶詰、各種スパイスの総合メーカーで、社員数は五千人を超えている。本社は千代田《ちよだ》区の丸《まる》の内《うち》、研究所は小平《こだいら》市にあるはずだ。

「そういえば、共進食品工業の女性研究員が三、四カ月前にひとり行方不明になってるんじゃなかったかな」

「ええ。わたしの同僚の水無瀬《みなせ》千夏《ちなつ》さんが去年の十月末に、帰宅途中に消息を絶《た》ったままなんです」

「その後、何か手がかりは？」

「何も得られていないようです。警察は一連の失踪事件と何か関わりがあると見ているようですけどね」

「あなたは、その彼女とは親しかったの？」

「ええ、割に。会社の帰りによく飲みに行ったりしてたんですよ。千夏さんは研究所で一番の美人で、仕事面でも目立っていました」

「そう」

見城は話をしながら、綿引映美の依頼を受ける気になりはじめていた。爆破事件だけではなく、インテリ女性の連続失踪事件のことも何かわかるかもしれないと考えたからだ。

「ところで、どうなのでしょう？　爆破犯を捜していただけますか」

「あまり期待されると困るんですが、一応、調べてみましょう」

「ありがとうございます」

映美が深々と頭を下げた。見城は自分の名刺を映美に手渡し、仕事用の手帳を開いた。

「参考までに、事件当夜のことをいろいろ教えてもらいたいんですよ」

「はい、どうぞ」

「新聞やテレビの報道によると、ウェディングケーキの載ってた台の下に強力な軍用プラスチック爆薬が仕掛けられてたようだね。その台は披露宴の前から、その場所にあったのかな」

「そうだったのだと思います。仕掛けられてたプラスチック爆弾は、ダイナマイトの約二倍の爆速《ばくそく》を持っているとか……」

「そうらしいね。爆薬はダイナマイト五本分に相当する量だったというから、たまったもんじゃないだろう」

「ええ。プラスチック爆薬というのはペースト状で、形が自由に変えられるんですって？」

「そうなんだ。ちょっとした隙間《すきま》にも仕掛けられるんで、なかなか発見しにくいんだよ。それに起爆が無線による遠隔操作だと、タイマーは必要ないんだ。だから、余計に厄介《やっかい》なわけです」

見城は説明し、ロングピースをくわえた。

「そのプラスチック爆薬は自衛隊なんかが使ってる国内メーカーの物じゃなかったみたいですよ。それから、現場からはＩＣ回路の破片も見つかったそうです」

「おそらく旧ソ連で製造された物なんだろう。ソ連邦が解体されてから、兵器がロシアン・マフィアや軍人によって、大量に西側に密売されたんだ」

「その話は、雑誌か何かで読んだことがあります」

「そう。事件当夜、急に招待客が増えたなんてことはなかった？」

「わたし、受付にいたのですけど、招待客が増えたというようなことはありませんでした」

　映美が答えた。

「熱川会の構成員の中で、滝沢会長に恨《うら》みを持ってた者はいなかったんだろうか」

「そういうことは、叔父か従兄《いとこ》に訊いてみないとわかりません」

「だろうね。ついでに、どちらかに事件後、熱川会の者で急に金回りがよくなった奴がいるかどうかも訊いてみてもらえないか」

「叔父の子分の中に、裏切り者がいるのではないかと……」

「そういうこともあり得《う》るかもしれないからね」

「わかりました」

「それから、熱川会は神戸連合会とはうまくいってたんだろうか」

「特にトラブルがあったというような話は聞いていません」

「そう」

　見城は煙草の火を揉み消した。

「事件には関係のないことなのかもしれませんけど、あの晩、ちょっと気になることがありました」

「どんなこと？」

「メアリー号が日の出桟橋を出航するとき、すぐ近くをオフホワイトのフィッシング・クルーザーがゆっくりと進んでいたんです」

「事件当夜は、雪が激しく降ってたな」

「ええ。それで、わたし、変だなと思ったんですよ」

「そのフィッシング・クルーザーには、どんな奴が乗ってた？」

「二人の男が乗っていました。ですけど、顔はよく見えませんでした。暗かったし、雪が凄《すご》かったですからね」

「雪の降る夜に、夜釣《よづ》りというのも妙だな」

「わたしも、そう思いました。なんとなく気になったんですけど、受付のお手伝いがあったので、その後、フィッシング・クルーザーに目をやることはありませんでした」

「クルーザーに乗ってた奴らがリモコンの起爆スイッチを押して逃げたとも考えられるな」

「そうだったのでしょうか」

映美が言って、ふたたびコーヒーカップを持ち上げた。

「話が前後するが、死んだ滝沢留衣さんが誰かに恨まれてたとは考えられないかな」

「それはないと思います。従妹は誰からも愛される性格でしたので」

「留衣さんは去年の暮れまで、日東《にっとう》信用金庫芝支店に勤務してたんだったね」

見城は確かめた。新聞報道で得た知識だった。

「ええ、そうです。職場のみなさんには、かわいがられていたと思います。従妹の葬儀のとき、日東信用金庫の方がたくさん見えていましたから」

「留衣さんの結婚相手は、なんて名だったかな？」

「衛藤孝直《えとうたかなお》さんです」

「あなたは衛藤氏とは何度も会ってるの？」

「十回ぐらいはお目にかかりました。真面目《まじめ》な方ですので、彼が誰かに恨まれているなんてことはないでしょう」

「留衣さんのお兄さんの名が負傷者のリストに載ってたように思うが……」

「ええ。従兄の昇《のぼる》はグラスの破片で両手に切り傷を負ったんです」

「滝沢昇さんのことを少し教えてくれないか」

見城は言って、ロングピースとライターを一緒に摑み上げた。

「従兄は二十九歳ですが、飲食店、中古外車販売会社、タイヤ販売会社、パソコンのソフト開発会社などを経営しています」

「独身なの？」

「いいえ。二年前に結婚して、もう一児のパパです」

「堅気《かたぎ》じゃないんだろうな、会長の息子なら」

「熱川会の理事のひとりです。でも、叔父と同じように従兄も、精巧《せいこう》な付け指を嵌《は》めています。ですから、やくざには見えないと思います」

「住まいは？」

「叔父と同じ高輪の家で暮らしています。といっても、従兄の家族は同じ敷地内の別棟《べつむね》で生活しているのですけどね」

「昇さんが事業のことで、何かトラブルを起こしたなんて話は聞いてない？」

「ええ、一度も……」

「留衣さんに、ほかに兄弟は？」

「いません。二人兄妹《きょうだい》だったんですよ」

「それで、留衣さんはあなたを姉のように慕《した》ってたわけか」

「多分、そうなんでしょうね」

映美が急に下を向いた。従妹を失った悲しみが、胸の底から込み上げてきたのだろう。

見城は、わざと話しかけなかった。煙草を深く喫いつける。

「ごめんなさい」

「気にすることはありません。まだ事件から一週間しか経ってないんだから、無理ないよね。それはそうと、あなたがここに来ることは滝沢会長は知ってるのかな」

「いいえ、叔父も従兄も知りません。わたし自身が警察のスローモーぶりに焦《じ》れて、じっとしていられなくなったんです。それで熱川会の若頭の方に、こっそり見城さんのことを教えてもらったわけです」

「そうなら、滝沢会長父子に直《じか》に話を聞きに行くことはできないな」

「別の線から調査をしていただけると、ありがたいですね」

「わかりました。あなたの自宅の住所と電話番号を名刺の裏にでも書いといてくれないか」

「はい」

映美が自分の名刺を裏返しにし、ボールペンを走らせた。自宅は荻窪《おぎくぼ》のマンションだった。

「家族と一緒なの？」

「いいえ、独《ひと》り暮らしです。実家は鎌倉《かまくら》にあるんですよ。通勤時間がかかるので、ワンルームマンションを借りているんです」

「そう」

「着手金は、どのくらいお払いすればよろしいのでしょう?」

「原則として十万以上の着手金を貰《もら》ってるんですが、後でまとめて払ってくればいいですよ」

見城は答えた。依頼人が魅力的な美女だと、着手金を受け取らないことがよくあった。

「それでよろしいんでしょうか」

「餓《が》死《し》しない程度には稼《かせ》いでるから、ご心配なく!」

「それでは、後で調査費用は必ずお払いします。それで、いつから調査に取りかかっていただけるのでしょう?」

映美が訊《き》いた。

「とりあえず、今夜にでも知り合いの新聞記者に会ってみますよ。何か情報を得られるかもしれないんでね」

「そうですか。よろしくお願いします」

「爆破犯がわかったら、どうするつもりなのかな? まさか叔父さんのところの若い者に処刑させるんじゃないだろうね」

「個人的な感情としては、そうしてやりたい気持ちです。でも、そんなことはしません。犯人がわかったら、警察の人に教えるつもりです」

「それを聞いて安心したよ」

「わたし、早く従妹を成仏《じょうぶつ》させてやりたいんです。犯人が逮捕されなければ、なかなか従妹も成仏できませんでしょ？」

「だろうね」

「とにかく、一日も早く爆破犯を突きとめてほしいんです」

「ベストを尽くします」

見城は言った。

映美が静かに立ち上がった。見城は依頼人を玄関まで見送った。居間に戻ると、スチール製のデスクの上の電話機が鳴った。

ホームテレフォンの親機だ。子機は奥の寝室にある。

見城は机の横にたたずみ、受話器を掴み上げた。

「おれっす」

松丸勇介《まつまるゆうすけ》の声だった。見城の飲み友達である。

「よう、しばらく！　仕事が忙しかったようだな」

「そうなんっすよ。世の中、盗聴器だらけなんで、びっくりっすよ。おかげで、こっちは稼がせてもらってんすけどね」

松丸はフリーの盗聴防止コンサルタントだった。

要するに、盗聴器探知のプロである。電圧テスターや広域帯受信機《マルチバンド・レシーバー》を使って、仕掛けられた盗聴器を見つけ出し、一件三万円から十万円の報酬を得ているようだ。

新商売ながら、かなり繁盛《はんじよう》している様子だ。逆に言えば、それだけ職場や家庭に盗聴器が氾濫《はんらん》しているのだろう。

見城はこれまで幾度《いくど》となく、松丸の手を借りている。そういう意味では、助手のような存在だった。松丸は、まだ二十八歳である。

「忙しくて結構じゃないか」

「そうなんすけど、得意先がヤーさん関係にまで拡《ひろ》がっちゃって、ちょっと危《ヤバ》いっすよ」

「盗聴器を探し出しても、料金を払ってもらえないのか？」

「そういうことはないんっすけど、なんか殺気立ってて、落ち着いて仕事ができないんすよ」

「そういう意味か。どんな暴力団から依頼があるんだい？」

「熱川会、関東桜仁会、義友会、東門会《とうもんかい》、極西会《きよくせいかい》と関東のたいていの組の仕事はやりました。どうも彼らは、神戸連合会系の東京進出組に動きを探《さぐ》られてるみたいなんすよ」

「逆の依頼は？」

「いまんとこないっすね。でも、東京の各組織も、首都圏に進出してる神戸連合会系の企業舎弟《フロント》の電話回線に盗聴器を仕掛けてると思います」

松丸が言った。

「そうだろうな。熱川会の場合は、どこに仕掛けられてたんだ？」

「副会長とか、理事の自宅や会社っすね。熱川会っていえば、一週間前に会長の娘が結婚披露宴中にリモコン爆弾で殺されたでしょ？」

「ああ。実は少し前に爆殺された滝沢留衣の従姉がここに来て、爆破犯を捜してくれって言ってきたんだよ」

見城はそう前置きして、経緯《いきさつ》を詳しく話した。

「神戸連合会が関東の御三家をぶっ潰《つぶ》す気なんすかね」

「暴力団新法で下手《へた》なことをしたら、自滅することになるから、神戸連合会の本家が関東の御三家に戦争を仕掛けるなんてことはないと思うよ」

「それじゃ、末端の組織が勝手に挑発したんでしょうか？」

「それも考えられるが、誰か第三者が関東の御三家と神戸連合会をぶつけ合わせることを企《たくら》んでるのかもしれないな」

「だとしたら、大阪《おおさか》か名古屋《なごや》の組織っすかね？」

「そのあたりのことをちょっと調べてみるつもりなんだ」

「そうっすか。もし時間の都合《つごう》がついたら、『沙羅《さら》』を覗《のぞ》いてみてください。おれ、先に行って飲んでますんで」

松丸が共通の馴染《なじ》みの酒場の名を口にした。港区南青山《みなとくみなみあおやま》三丁目にあるジャズバーだ。見城と百面鬼は、その店で毎晩のように飲んでいる。松丸も常連客のひとりだった。

「何時になるかわからないが、必ず顔を出すよ」

「それじゃ、待ってます」

松丸が先に電話を切った。

見城は受話器を置くと、外出の仕度《したく》に取りかかった。旧知の新聞記者を訪ねる予定だった。

3

コーヒーカップが空になった。

見城は、竹橋《たけばし》の大手濠端《おおてぼりばた》にある毎朝日報《まいちょうにっぽう》東京本社ビルの地下一階の喫茶店にいた。午後五時三十分過ぎだ。

四本目の煙草に火を点《つ》けたとき、唐津誠《からつまこと》があたふたと店に駆け込んできた。

毎朝日報社会部の遊軍記者だ。刑事時代からの知り合いである。

四十二歳の唐津は、かつて社会部のエリート記者だった。しかし、離婚を機に自《みずか》ら出世レースから降りてしまった変わり種《だね》だ。だが、いまも記者としては優秀だった。たびたび大スクープで紙面を飾り、時々、署名入りのコラムを執筆している。

「待たせて悪かったな」

唐津が向き合う位置に坐り、ウェイトレスにウィンナーコーヒーを注文した。ツイードのスーツは皺《しわ》だらけだ。

もともと彼は、見だしなみには無頓着《むとんちゃく》だった。離婚してからは一層かまわなくなった。髪の毛も、いつもぼさぼさだ。

「忙しいときに申し訳ありません」

「このところ、凶悪な事件が重なってるからな。遊軍記者も駆り出されるんだよ」

「こういうときは唐津さんが動かなきゃ、ライバル紙に出し抜かれちゃうでしょ?」

「おたくが見え透《す》いたお世辞《せじ》を言うときは、何か裏があるんだよな」

「たまたま近くまで来たんで、ちょっとご尊顔を拝しておこうと思っただけですよ」

見城は言い繕《つくろ》った。

「おたくがそんなタマかよ。きょうは何を探《さぐ》りに来たんだ?」

「そう警戒しないでくださいよ」

「おたくには、さんざん利用されたからな」

唐津が、どんぐり眼《まなこ》を細めた。

「人聞きの悪いことを言わないでほしいな」

「おれは事実を正直に言ってるんだよ。おたくは、おれから情報を引き出して新宿署の極悪刑事と何かやらかしてる」

「まだ誤解されてるのか。百《どう》さんとおれは悪党どもの弱みを握って、女装クラブに引きずり込んでるだけなのに」

「喰《く》えない男だ。いいかげんに白状しろよ」

「白状?」

見城は、あくまでも空とぼけた。

「そうだよ。悪人狩りをして、ついでに小遣《こづか》い稼ぎもしてんだろうが?」

「唐津さん、それは曲解ですって。百《どう》さんとおれは本当に……」

「もういいよ」

唐津が苦く笑って、ハイライトをくわえた。

そのとき、ウィンナーコーヒーが運ばれてきた。生クリームがたっぷり入っていた。

「おれは高校を出るまで四国の田舎《いなか》にいたんで、大学生になるまでウィンナーコーヒーのことを知らなかったんだよ」

「コーヒーの中に、ウィンナーが一本入ってると思ってた?」

「そう、そうなんだよ。都会の奴らは、おかしなコーヒーを飲むんだなってマジで思ってたな。それでも物は試《ため》しっていうんで、ある日、ウィンナーコーヒーを頼んだんだ」

「それで、店の従業員に『すみません。ウィンナーが入っていませんけど』なんて言ったんでしょ?」

見城は半畳《はんじょう》を入れた。

「いくらなんでも、そこまで田舎者じゃないよ。それから、レスカって略語もわからなかったな。それがレモンスカッシュを約《つづ》めた言い方だってわかったのは、大学二年のときだったよ」

「唐津さんも最近、喰えなくなったな」

「えっ、おれが!?」

「そうやって、予防線を張ってるんでしょ?」

「くっく、引っかかったな。やっぱり、何か探りに来たんじゃないか」

唐津がにやついて、ウインナーコーヒーを啜った。

「おれの負けですね。実は、一週間前のレストランシップ爆破事件の情報が欲しいんです
よ」

「熱川会の滝沢会長に犯人捜しでも頼まれたのか？」

「依頼人は会長の姪なんです」

見城は経緯を手短に話した。

「そういうことなら、生臭坊主《なまぐさ》のほうが情報《ネタ》を持ってるだろう」

「それが、ほとんど手がかりなしなんですよ」

「確かに水上《すいじょう》（現・湾岸）署《しょ》はたいした手がかりは得てない」

「唐津さん、死んだ企業買収家のスクープ記事で確か社長賞を貰《もら》ったんでしたよね？」

「そう来たか。あの件では、おたくに世話になったよな。しかし、それとこれとは違うだ
ろうが……」

「人間、受けた恩はちゃんと返したほうがいいんじゃないのかな」

「おたく、おれを脅迫してんのか!?」

「とんでもない。おれは、人の道を説《と》いてるだけですよ」

「よく言うよ。長いこと遣《や》らずぶったくりだった男がさ」

「だから、この前、きちんと恩返しをしたんです。恩返し云々《うんぬん》は半分冗談ですが、少し情報を流してほしいな」

「あちち」

唐津が火の点《つ》いたハイライトを灰皿の中に落とし、コップの水を注《そそ》いだ。フィルターまで焦《こ》げていた。

「情報によっては、高級ソープにご招待しますよ」

「その手は喰わないぞ。毎回、人参《にんじん》をぶら下げられただけだったからな」

「唐津さんは、金で女を買うことに抵抗があるようなことを言ってたから、強くは誘わなかったんですよ」

「待ってくれ。いまは、考えが変わったんだ。金で体を売りたがってる女性がいるなら、あまり真面目に考える必要もないかなって思いはじめてるんだよ」

「唐津さんも並の男だったか」

「そんな軽蔑《けいべつ》したような目をするなよ。妻に逃げられてから、ほとんど柔肌《やわはだ》に触《ふ》れてないんだからさ」

「唐津さんの狂おしい気持ち、よくわかりますよ。いい情報《ネタ》を提供してくれたら、いつか話した超高級ソープにお連れします」

見城は言った。

「今度こそ、本当だろうなっ」

「もちろんです」

「よし、情報を流してやろう。といっても、たいした話は摑んでないんだ。おれは神戸連合会が関東の御三家に火種《ひだね》を投げつけたと睨《にら》んだんだが、どうもそういう動きもないんだよ」

「百《どう》さんも、そう言ってたな。名古屋あたりの組織が、関東と関西のやくざを咬《か》ませようと画策《かくさく》したとは考えられませんか？」

「なるほど、そういうこともあり得そうだな」

唐津が膝《ひざ》を打った。

「名古屋の最大組織の中部会《ちゅうぶかい》は、関東の御三家とも神戸の神戸連合会とも距離を保《たも》ってますよね」

「そうだな。関東勢と関西勢が潰《つぶ》し合えば、中部会は漁夫《ぎょふ》の利《り》を得られる。うまくすれば、一気に勢力を東西に伸ばせるだろう」

「ええ。ただ、問題はそれをやれるほど中部会に力があるかどうかですよね。組員は四千人前後でしょ？」

「そんなもんだったと思うよ。しかし、その気になれば、不法滞在の荒っぽい外国人を兵隊に仕立てることはできるんじゃないか」

「ええ、そうですね。中部会の動きをちょっと探ってもらえます？」

見城は頼んだ。

「いいだろう」

「唐津さん、爆死した国会議員、芸能人、スポーツ選手の中で誰か恨みを買ってた人間は？」

「そのあたりのことを若い記者が徹底的に調べてみたんだが、そういう人物はひとりもいなかったんだ。おたくのほうは、どうなんだよ」

「え？」

「とぼけるなよ。依頼人の綿引映美って美人バイオ研究員から当然、滝沢留衣のことをいろいろ教えてもらったんだろう？」

「ああ、そのことですか。映美の話によると、留衣も新郎の衛藤孝直も誰かに恨まれるような人間じゃないらしいんですよ」

「おれたちの取材結果も同じだった」

唐津が言って、にっと笑った。

「おたくのように抜け目のない人間と長くつき合ってると、どうしてもこっちも性格が悪くなる」

「人が悪いなあ」

「ご挨拶《あいさつ》だな」

「留衣の兄貴の昇については、依頼人はどう言ってた？」

「特に他人に恨まれるようなことはないと……」

「その点も、こっちの調べと同じだな」

「唐津さんには、かなわないな。ところで、同じ夜に歌舞伎町と大森で凶悪な犯行《ヤマ》がありましたよね？」

「ああ」

「唐津さんは、三つの事件をどう見てます？」

見城は問いかけてから、ロングピースに火を点けた。

「つまり、それぞれが連鎖してるかどうかってことだな？」

「ええ」

「そのへんが、どうもはっきりしないんだ。東都テレビの雨宮深雪が歌舞伎町の無差別テロ犯を尾行してたことは間違いなさそうなんだが、彼女をレイプして殺害したと思われる三人組がメアリー号の爆破犯グループなのかどうかね」

「雨宮深雪は何か事件を追いかけてたんでしょ?」

「そこまでおれから探り出す気なのか。おたく、横着だな」

唐津が厭味《いやみ》を言った。

「何も、そうガードを固めることはないでしょうが。その程度のことは、苦もなく調べられるんですから」

「それもそうだな。雨宮深雪は、例の才女失踪事件をずっと追ってたそうだ」

「ということは、関東御三家の二次団体の組事務所に手榴弾《しゆりゆうだん》を投げ込んで、不法滞在のアジア人たちを射殺した犯人たちが失踪事件に絡《から》んでる可能性もあるってことですよね?」

「まあ、そういうことになるな。しかし、美人テレビ記者が失踪事件の取材と並行して、別の事件を追ってたとも考えられるぞ」

「そうですね。現に唐津さんは、よく複数の犯行《ヤマ》を並行して取材してる」

「ああ。放送記者は、新聞社の遊軍記者に似たとこがあるからな」

「雨宮深雪の遺族には、もう会ったんでしょ?」

「両親と弟に会ったよ。しかし、三人とも彼女の取材内容は知らなかったんだ」

「そうなんですか。当然、深雪の上司や同僚たちからも取材済みですよね？」

「もちろんさ。深雪が一連の才女失踪事件を追ってたことは、職場の誰もが知ってた。しかし、彼女が並行して別の事件を追ってたかどうかは上司も同僚も知らなかったよ。野心に燃えてる記者は、誰も秘密主義に徹してる。おれも、若いころはそうだったよ」

「スクープできるかどうかで、記者が有能か無能か測《はか》られちゃうからな」

見城は呟《つぶや》き、喫《す》いさしの煙草の火を消した。

「スクープ合戦にうつつを抜かしてるうちは、一級のジャーナリストじゃないんだがね。しかし、若いうちは功名心《こうみょうしん》があるからな。そうなんだが、ある日突然、スクープ種《ネタ》を追っかけてることに虚《むな》しさを覚える。それがジャーナリストの最初の試練だな」

「いい話ですね。おれ、唐津さんを人生の師と仰《あお》ぎたくなってきたな」

「茶化すなって。おっと、そろそろ原稿を書き出さないと……」

唐津が腕時計を見た。

見城は礼を言って、伝票に指を伸ばした。摑む前に、唐津が先に伝票を掬《すく》い上げた。

「唐津さん、おれが払いますよ」

「コーヒー一杯で、妙な借りを作りたくないからな」

「いま、同じことを言おうとしたんです」

見城は笑った。唐津も口許を緩《ゆる》め、足早にレジに向かった。

二人は店の前で別れた。唐津はエレベーターホールに足を向けた。見城は階段を使って、地下二階の広い駐車場に降りた。

自分の車に乗り込む。

ドルフィンカラーのBMWだ。右ハンドルの5シリーズである。これまで乗っていたローバーを廃車にして、ドイツ車を購入したのだ。

見城は車を発進させた。

同じ千代田区内にある東都テレビに向かう。道路は渋滞しはじめていた。見城は脇道《わきみち》にBMWを入れ、北《きた》の丸《まる》公園の横を抜けた。

ハンズフリー装置にセットした携帯電話が鳴ったのは、内堀《うちぼり》通りを突っ切ったときだった。

「わたしよ。マンションにいると思ったんだけど、出かけてしまったのね」

里沙が電話の向こうで言った。

「いま、おれの部屋にいるのか？」

「ええ。預かってるスペアキーで、勝手に部屋に上がらせてもらったの」

「そう」

「調査の依頼が入ったんでしょ？」

「そうなんだ」

見城は依頼内容をかいつまんで話した。

「浮気調査じゃないので、だいぶ張り切ってるみたいね」

「ああ。しかし、ちょっと荷が重すぎるよ」

「大変だろうけど、早く爆破犯を捜し出してあげて。わたし、爆死した新婦さんのことをテレビのニュースで知ったとき、泣いてしまったの」

「おれも、かわいそうだと思ったよ。それはそうと、きょうは仕事がオフなのか？」

「ううん、きょうは渋谷のホテルで八時から商工会議所主催のパーティーがあるの。それで仕事前に、あなたの顔をちょっと見てから行こうと思ったわけ」

「悪かったな。帰りに、また寄ってくれないか」

「でも、仕事なんでしょ？」

「しかし、張り込みじゃないから、そう待たせはしないよ」

「それじゃ、そうするわ。溜《た》まってる洗濯物、洗っとくわね」

里沙が言った。

「いいよ、そんなことしなくたって」

「何か困る理由でもあるの？」

「ばかだな。おれが里沙にぞっこんなのは、わかってるくせに」

見城は冗談めかして言ったが、里沙に惚《ほ》れていることは事実だった。しかし、彼女と所帯を持つ気はなかった。

女好きの自分が結婚後、浮気をしないと言い切れる自信はなかった。それに、危険な裏稼業をつづけていたら、いつ命を落とすことになるかもしれない。好きな女を若い未亡人にしたら、罪深いだろう。

「それじゃ、お仕事頑張《がんば》って」

里沙が先に電話を切った。

見城は微苦笑した。携帯電話には、アメリカ製の盗聴防止装置が付いている。

いつしか車は、三番町《さんばんちょう》から二番町《にばんちょう》に入っていた。外は真っ暗だった。

ほどなく東都テレビの白い建物が見えてきた。局の駐車場は玄関横と地下の二カ所にあった。

表の駐車場を見ると、数台分が空《あ》いていた。

見城はカースペースにきちんと車を入れ、外に出た。

刺すような寒風が頬《ほお》を撲《う》った。カシミヤの黒いタートルネック・セーターの上に、茶色のスエードジャケットを重ねていたが、それでも寒かった。見城は局のエントランスロビーに走り入った。局内は、むっとするほど暑かった。

見城は受付に近寄って、ジャケットの内ポケットから模造警察手帳を取り出した。

本物そっくりの造りだ。一般の人間は、まず模造手帳とは見抜けないだろう。

見城は必要に応じて、刑事、検事、弁護士、フリーライターなどになりすます。常に二十種近い身分証明書や偽名刺を持ち歩いていた。

「警視庁捜査一課の者ですが、亡くなられた雨宮深雪さんのことで再度確認したいことがあるんですよ。報道部の部長さんにお取り次ぎ願えませんか」

「あいにく報道部長は海外出張中でして……」

受付嬢が済まなそうな表情になった。

「それでは、デスクの方でも結構です」

「デスクはおります」

「では、その方に取り次いでもらえますか」

見城は言って、受付カウンターから少し退《さ》がった。

受付嬢が電話機の内線ボタンを押し、面会人の来意をてきぱきと伝えた。遣り取りは短かった。

「すぐにお目にかかるそうです」

「ありがとう」

見城は軽く手を挙《あ》げ、局の奥に進んだ。

報道部は二階にあった。デスクの席は窓側にあった。デスクは飯倉《いいくら》という姓で、四十七、八歳のシャープそうな男だった。

「警視庁の中村《なかむら》です」

見城は、ありふれた姓を騙《かた》った。

「また聞き込みだそうですね」

「ええ、お忙しいのに申し訳ありません。二、三、確認したいことがあるんですよ」

「そうですか。ここじゃ、ざわざわしてますので、どうぞこちらに」

飯倉が報道部の隅《すみ》にある会議室のドアを開けた。

それほど広い部屋ではなかった。二人は長いテーブルを挟んで向かい合った。

「別の刑事に聴取されたことを繰り返し質問するかもしれませんが、ひとつよろしく！」

見城は軽く頭を下げた。飯倉が少し身構える感じになった。

「殺害された雨宮さんは、半年前から続発しているインテリ女性の失踪事件を追ってたんでしたね？」

「ええ、そうです」

「取材の成果は、どうだったんでしょう？　雨宮さんは事件の背景を摑んでたんですかね」

「残念ながら、まだそこまでは犯人グループに肉薄《にくはく》していませんでした。一部はすでに報じましたが、犯人グループが三百三人の女性をまったく傷つけずに拉致してることから、強力な麻酔液を嗅《か》がせたのではないかという程度のことを断片的に推測してる段階だったんです」

「そうなら、何も犯人たちは雨宮さんを殺す必要はないわけでしょう？　雨宮さんは、犯人たちの正体を知ってたんじゃないですか。もっと言えば、雨宮さんは三人組が一連の失踪事件に深く関わってる裏付《ウラ》けも取ってたんだと思いますよ」

「そこまで調べ上げてたとしたら、なぜ、上司のわたしに報告をしなかったんでしょう？」

「多分、雨宮さんは首謀者を突きとめてから、あなたに報告するつもりだったんでしょうね。しかし、その前に三人組に口を封じられてしまった」

見城は言い終えると、上着の内ポケットから煙草とライターを取り出した。

「実は、わたしもそんなふうに推測してみたことがあるんですよ。しかし、そうだとしたら、雨宮は取材メモや写真を自分の机の引き出しかロッカーに残しててもいいはずなんです。別の刑事さんにも申し上げましたが、そういう物は何もありませんでした。もちろん、自宅マンションにもね」

「雨宮さんは取材メモや証拠写真を誰にもわからない場所に保管してたか、ごく親しい人間に預けてあったんじゃないだろうか」

「それは、充分に考えられますね」

飯倉が右の拳《こぶし》で、左の掌《てのひら》を叩《たた》いた。

「記者仲間で被害者と親しかった方は？」

「職場では同僚とうまくやっていましたが、特に仲がよかったという記者はいませんでしたね。最も親しかったということになると、彼氏だったんだろうな」

「それは、雨宮さんの恋人ということですね？」

「ええ。雨宮は、大手商社の丸菱《まるびし》物産に勤めてる桂篤人《かつらあつんど》さんともう三年越しの仲だったんですよ」

「桂氏のセクションはわかります？」

「確か北米第二課でした。年齢は三十一歳だったかな。俳優みたいにいい男ですよ。いつだったか、たまたまデート中の二人を見かけたことがありましてね」

「そうですか」

見城は必要なことを手帳に書き留《と》めた。

「雨宮は桂さんに取材に関することを何か話してるかもしれないな」

「桂氏には捜査本部の誰かがお目にかかってると思いますが、もう一度、自分が会ってみましょう」

「そうされたほうがいいと思います」

飯倉が言った。

見城はさらに質問を重ねたが、ほかに収穫はなかった。会話が途切れたのを汐《しお》に、彼は先に立ち上がった。

4

黒っぽい人影が立ち塞《ふさ》がった。

テレビ局の玄関を出たときだった。

見城は足を止めた。目の前に立った男は濃紺のスポーツキャップを目深《まぶか》に被り、色の濃いサングラスをかけている。

「おれに何か用かな？」

「何を嗅《か》ぎ回ってる？」

男が低い声で訊いた。

「何者だっ」

「長生きしたかったら、調査を打ち切れ！」

「調査って、なんのことだっ」

見城は相手の反応を探る気になった。

「とぼけるなよ、探偵さん。調査をつづける気なら、あんたと綿引映美に心中してもらうことになるぜ」

「レストランシップにリモコン爆弾を仕掛けた犯人らしいな」

「とにかく、調査を打ち切るんだ。いいな！」

「おれは天《あま》の邪鬼《じゃく》でな。他人に指図《さしず》されると、逆のことをしたくなる性分《しょうぶん》なんだよ」

「粋《いき》がりやがって」

男がパーカのポケットから、大ぶりの指輪を抓《つま》み出した。ごっつい。

見城は目を凝《こ》らした。それは、俗に守護指輪と呼ばれている特殊護身具だった。カマボコ型の指輪の両側から、角《つの》状の牙《きば》が飛び出す造りになっている。

情報機関の工作員たちは、ブラス・ダスターと呼んでいるはずだ。鋼鉄の牙で相手の顔面を傷つけたり、眼球を潰《つぶ》すことができる。

牙の先に猛毒を塗りつけておけば、相手を即死させることも可能だ。二つの牙を引っ込めることもできる。

男がブラス・ダスターを右手の中指に嵌《は》めるなり、ロングフックを放ってきた。

見城はステップインして、相手のパンチを中段手刀《ちゆうだんしゆとう》受けで払った。同時に、男の顔面に右の振り拳《けん》を浴びせる。

サングラスが吹っ飛び、相手がよろけた。

すかさず見城は、右の横蹴《よこげ》りを男の鳩尾《みぞおち》に入れた。空手道では、水月《すいげつ》と呼ばれている急所だ。

相手が呻《うめ》いて、前屈《まえかが》みになった。

見城は半歩前に踏み込み、膝蹴りを見舞った。スラックスの裾《すそ》がはためく。

男の鼻柱が鈍《にぶ》く鳴った。すぐに体をくの字に折りながら、後ろに引っくり返った。

その直後だった。

駐車場の暗がりで、点のような銃口炎《マズル・フラッシュ》が瞬《またた》いた。銃声は聞こえなかった。

放たれた銃弾が、見城のこめかみを掠《かす》めた。突風のような衝撃波だった。

頬の筋肉がたわみ、見城は一瞬、聴覚を失った。だいぶ後方で、着弾音がした。

キャップを被った男が素早く起き上がった。

見城は男を取り押さえたかった。追おうとしたとき、二弾と三弾が連射された。見城は身を低くした。美人テレビ記者を惨殺したのは三人組だ。しかし、暴漢は二人だった。雨宮深雪は別の者に命を奪われたのだろうか。

ブラス・ダスターを嵌めた男が逃げていく。忌々《いまいま》しかったが、不用意には追えない。

銃口炎が噴《ふ》かなくなった。仲間の男が身を翻《ひるがえ》した。

見城は逃げる男を追った。男が、スポーツキャップを被った男が運転する黒っぽい車に乗り込んだ。アリストだった。

見城は走りつづけた。

アリストが急発進し、みるみる遠ざかっていく。ナンバープレートは折り曲げられていた。3という数字しか読み取れなかった。

見城は諦《あきら》め、自分の車に駆け戻った。

依頼人のことが気がかりだった。見城は携帯電話を使って、綿引映美に連絡をしてみた。映美は勤務先にも自宅マンションにもいなかった。バイオ研究所の所員によると、彼女は本日は欠勤したという話だった。

どこかで買物でもしているのだろう。

見城は胸の不安を掻《か》き消し、丸菱物産の本社に電話をかけた。

警視庁の刑事を装《よそお》い、電話を北米二課に回してもらう。桂篤人は、まだ職場にいた。

「雨宮深雪さんのことで、再聞き込みさせてもらいたいんですよ。これから、丸の内の本社に伺《うかが》ってもかまいませんか？」

「できたら、会社の外でお目にかかりたいですね」

「それでも結構ですよ。落ち合う場所と時間を指定してもらえれば、そこに出向きます」

「それでしたら、七時半に日比谷の帝都《ていと》ホテルのロビーでいかがでしょう？」

「わかりました」

「わたしはグレイのスーツを着ています。ネクタイは紺系で、縞柄《しまがら》のワイシャツです。それから、コートは黒です」

「そうですか。こちらは……」

見城は自分の服装や背恰好を伝え、携帯電話の通話終了ボタンを押した。

東都テレビの駐車場を出て、付近を一巡してみる。アリストはどこにも見当たらなかった。見城は車を日比谷に向けた。

二十分弱で、目的のホテルに着いた。見城はＢＭＷを地下駐車場に置き、一階の広いロビーに上がった。

約束の時間まで、まだ間があった。

見城はソファに腰かけ、ゆったりと紫煙《しえん》をくゆらせた。桂篤人と思われる男が姿を見せたのは、ちょうど七時半だった。

見城はソファから立ち上がり、その男に声をかけた。

「失礼ですが、丸菱物産の桂さんでしょうか？」

「はい、そうです」

桂が答えた。見城は模造警察手帳を短く呈示《ていじ》し、またも中村という偽名を使った。

「捜査が難航しているようですね」

「そうなんですよ。それで、関係者の事情聴取を再度お願いすることになったわけです。お忙しいところを恐縮です」

「深雪、いいえ、雨宮さんをあんな目に遭《あ》わせた犯人たちを一日も早く捕まえてほしいと思っていますので、全面的に協力させてもらいます」

桂が生真面目《きまじめ》な顔で言った。

見城は、桂をホテル内の和食レストランに案内した。和牛のしゃぶしゃぶコースを二人前とビールを注文した。

店内は空いていた。

旅行者らしい白人の老カップルが危なっかしい箸《はし》使いで鋤焼《すきや》きをつついているだけで、ほかに客の姿はない。着物姿の五人の仲居《なかい》は、所在なげだった。

待つほどもなく注文した料理とビールが運ばれてきた。

見城は、桂のグラスにビールを注いだ。

「しゃぶしゃぶを食べながら、話をしましょう」

「こんなことしてもらって、いいんですか？」

「飯《めし》どきですからね。といっても、いつもこんな贅沢《ぜいたく》をしてるわけではありません。暮れに万馬券をとったんで、捜査費にポケットマネーをプラスしてるんですよ」

「捜査費はあまり多くないという話をどこかで聞いたことがありますが……」

「実際、泣きたくなるほど少ないですね。程度の差こそあれ、ほとんどの刑事が自腹を切っています」

「大変な仕事ですね」

桂の声には、同情が込められていた。

「あなた方《がた》商社マンは、かなり接待交際費を遣《つか》えるんでしょ？」

「ええ、ある程度は」

「羨《うらや》ましい話だな」

見城は自分のグラスも満たし、桂に料理を勧《すす》めた。桂は素直に箸を取って、和牛を出汁《だし》に潜《くぐ》らせた。

「まだ悲しみは薄らいでないでしょうね」

「ええ、まだ一週間しか経《た》っていませんから」

「雨宮深雪さんが一連のインテリ女性失踪事件を取材してたことは、ご存じなんでしよ？」

「はい、知っています」

「われわれは、雨宮さんが事件の犯人を絞り込んでたのではないかと推測してるんですが、生前、彼女はそのあたりのことを何か話してませんでした？」

「先日も警察の方に申し上げましたが、深雪は仕事のことは深く話さなかったんですよ」

「そうなんですか」

「ただ、失踪事件は奥が深いというようなことをぽつりと洩《も》らしたことはありました」

「それは、どういう意味なんですかね」

見城はビールを呷《あお》り、箸を手に取った。

「彼女、具体的なことは何も言わなかったんですよ。多分、失踪騒ぎの向こう側にとてつもなく大きな陰謀があるというようなことだったんでしょう」

「つまり、行方不明になった三百三人の才女は身代金目当てに誘拐されたんではないということですね？」

「そう断言はできませんけど、そういうことなんではないでしょうか」

桂が答えた。

「それはそうと、雨宮さんから写真やビデオテープの類《たぐい》を預かってませんよね？」

「ええ、何も……」

「そうですか。これまでの調べで、どうも雨宮さんは失踪事件と並行して別の事件を追ってたようなんですよ」

「それについては、ちょっと心当たりがあります。深雪は例の『タントラ原理教』の残党といいますか、指名手配中の教団元幹部たちの潜伏先を探《さぐ》っているようでした」

「あの人騒がせな連中の逃亡者捜しをしてたのか」

見城は唸《うな》って、ロングピースに火を点けた。

『タントラ原理教』は戦闘的な新興宗教団体で、弁護士一家を殺害したり、東京や長野《ながの》で毒ガスを撒《ま》いたりして、ひところ世間を震撼《しんかん》させた。

相次ぐ凶行でとうとう教祖を含む幹部たちがごっそり逮捕され、教団は解散に追い込まれた。教祖の桐原明晃《きりはらめいこう》は現在、東京拘置所に収監されている。

教祖とほぼ同時期に殺人罪などで検挙された幹部たちの大半は素直に罪を認め、反省しはじめている。しかし、教祖に帰依《きえ》している弟子たちは整形手術や女装で捜査の手を逃《のが》れ、地下に潜《もぐ》ってしまった。その残党たちが結束し、収監中の死刑囚の桐原明晃を奪還する動きがあることを一部のマスコミが報じていた。

「深雪は前々から、高学歴のエリートたちが桐原明晃に魅せられて、まるでロボットのようにやすやすと操《あやつ》られてしまったことに関心を持っていました」

「そうですか。指名手配中の幹部たちの動きを探ってたということは、残党たちが教祖を力ずくで奪還すると予想してたんでしょうね」

「おそらく、そうだったのだと思います」

桂がビールで喉《のど》を潤《うるお》し、すぐに言葉を重ねた。

「刑事さん！　もしかしたら、『タントラ原理教』の残党たちが深雪を殺害したのかもしれませんよ」

「その線も考えられることは考えられますが、犯人と思われる三人組は同じ夜、レストランシップのホールを爆破した疑いもあるんです」

見城は煙草の火を消し、牛しゃぶを口に運んだ。うまかった。

「結婚披露宴の会場にリモコン爆弾が仕掛けられてたという事件ですね？」

「ええ。挙式したカップルだけではなく、国会議員、芸能人、アスリートなどが三十七人も犠牲になった事件です」

「そうでしたね」

「レストランシップの爆破まで『タントラ原理教』の残党たちがやるだろうか」

「彼らはアナーキーで残忍な凶行を重ねてきました。地下鉄電車の中に毒ガスを撒《ま》いたり、拉致監禁を繰り返してきた連中です。また市民に無差別テロを仕掛けて、政府に教祖の即時釈放を要求するつもりなんではないでしょうか？」

桂が言って、ビールを飲み干した。見城はすぐにビールを注ぎ、もう一本追加注文した。

待つほどもなく、二本目のビールが届けられた。

「無差別テロにしては、手の込んだことをしてるな。市民に恐怖を与えたいだけなら、わざわざレストランシップに乗り込んでプラスチック爆弾を仕掛ける必要はないはずだ」

「それも、そうですね。またラッシュ時の地下鉄や駅に例の毒ガスを撒けば、市民は震え上がりますからね。わたしの推測は間違ってるのかもしれません」

「話は飛びますが、いつも雨宮さんは単独で取材に飛び歩いてたんですか？」

「ふだんは単独で取材に出ていたようですが、使えるネタがあるときは若いＴＶカメラマンとコンビを組んで動いてたみたいですよ」

「そのカメラマンの名前は？」

「えーと、確か栗林《くりばやし》道《とおる》君だったと思います。深雪より二つ年下なんで、彼女は栗ちゃんと呼んで、かわいがってました」

桂がセブンスターをくわえた。

「それじゃ、明日、また東都テレビを訪ねて、その若いＴＶカメラマンに会ってみましょう」

「その彼、もうこの世にいないんです」

「えっ、死んでる⁉」

「ええ。十五、六日前に交通事故で亡くなりました。誰かに車のブレーキオイルを抜かれたとかで、丁《てい》字路の石垣に激突して……」

「現場はどこだったんです？」

「大田区の雪谷《ゆきがや》です。新聞にも載《の》ってましたよ」

「気がつかなかったな。相棒のＴＶカメラマンも殺されたと考えていいんだろう」

「そうなんでしょうね」

「栗林カメラマンの急死を知って、雨宮さんはどんな反応を見せました?」

見城は訊いた。

「自分にも責任がある気がすると言って、ひどく落ち込んでいました」

「雨宮さん、怯えてませんでした?」

「そのときは気づかなかったのですが、カメラマンが死んでからは決して夜道はひとりで歩かなくなりましたね。デートの待ち合わせの場所にも会社の車か、タクシーでやってきたほどでした」

「それじゃ、雨宮さんは自分にも魔手《ましゆ》が迫ってくることを予想してたんだろうな」

「いま思うと、そうだったんでしょうね。しかし、彼女は気丈《きじよう》な性格だったんで、怯える自分をわたしに見せたくなかったんだと思います。ひと言、言ってくれてれば、あんなことには……」

桂が端整な顔を歪《ゆが》ませ、神経質に煙草の火を消した。

「自分を責めることはありませんよ。雨宮さんは運がなかったんでしょう」

「そんなふうに割り切れたら、気持ちが楽になるんですがね。わたしたち、夏には結婚することになってたんです」

「本当にお気の毒だな」

見城は、それしか言えなかった。

それから間《ま》もなく、二人は店を出た。見城はBMWをホテルの駐車場から出すと、東都テレビの報道部に電話をした。少し待つと、デスクの飯倉が電話口に出た。

「さきほどはどうも！ いま、桂氏と別れたところなんですよ。彼から聞いたんですが、雨宮さんとコンビを組んでたカメラマンの栗林道さんが十五、六日前に亡くなったそうですね」

見城は言った。

「ええ、そうなんです。栗林は、まだ二十五歳でした。ちょっと生意気でしたが、カメラマンとしては優秀だったんですよ。惜《お》しいスタッフを失くしました」

「栗林さん宅の住所を教えていただけますか」

「雨宮の事件に、何か絡《から》みがあるのでしょうか？」

「そのあたりのことを少し調べてみたいんですよ」

「わかりました。少々、お待ちください」

飯倉の声が途切れ、明るい旋律《せんりつ》が流れてきた。見城は携帯電話を耳から離した。

少し待つと、ふたたび飯倉の声が響いてきた。

栗林は世田谷《せたがや》区桜新町《さくらしんまち》にある賃貸マンションに姉と一緒に暮らしていたという。部屋番号とテレフォンナンバーをメモし、見城はいったん電話を切った。

すぐに栗林の自宅に電話をする。留守録音のテープが聴《き》こえてきた。

後で、また電話してみることにした。

見城はメッセージを入れずに通話終了ボタンを押し、車を南青山三丁目に向けた。

『沙羅』は青山の裏通りにある。店まで、二十数分しかかからなかった。

車を路上に駐《と》め、地階にある酒場に入った。

チック・コリアのナンバーが低く鳴っていた。CDではない。古いLPレコードだった。この店にCDプレーヤーはなかった。BGMに使われているのは、すべてアナログレコードだった。

経営者の洋画家はへそ曲がりで、流行《はや》りものは受け容《い》れようとしない。道楽半分で商売をしているらしく、めったに店には現われなかった。客と目が合っても、愛想《あいそ》笑いすらしない男だった。

だが、店の雰囲気は悪くない。

淡い色で統一されたインテリアには、落ち着きがあった。左手にボックス席が三つあり、右手にはL字形のカウンター席が伸びている。客は三、四十代の男が圧倒的に多かった。

見城はカウンターを見た。

盗聴器ハンターの松丸と百面鬼が並んでグラスを傾けている。二人に近寄ると、気配で百面鬼が振り返った。

「ここにいるってことは、フラワーデザイナーにフラれたね」

見城は言った。

「ナニを早めに切り上げたんだよ、見城ちゃんに深酒させるわけにはいかねえから、ここに来たのさ」

「で、いつものように、おれがキープしたブッカーズをせっせと減らしてくれてるわけか」

「見城ちゃん、ありがたそうな面《つら》しろや。おれは友達《ダチ》思いの人間だから、そっちの代わりにせっせと自分の肝臓をいじめてるんだぜ」

百面鬼が言って、ロックグラスにバーボンをなみなみと注いだ。見城は松丸と顔を見合わせ、肩を竦《すく》めた。

「今夜も薄い水割りにしといたほうがいいな」

百面鬼がそう言い、見城の水割りを手早くこしらえた。見城は苦笑し、悪党刑事の右横に腰かけた。

「百《どう》さん、只酒《ただざけ》ばかり飲んでると、ろくな死に方しないっすよ」

松丸が言った。

「偉そうなこと言うんじゃねえよ」

「怒ったんすか？」

「若造が何を言っても、相手になる気はねえよ」

百面鬼がそう言い、葉煙草《シガリロ》をくわえた。

「百《どう》さん、ちょっと調べてもらいたいことがあるんだ」

見城は正面の酒棚を見ながら、不審死したTVカメラマンのことを小声で話した。

「雪谷署の署長の弱みをばっちり握ってるから、捜査資料はいくらでも手に入らあ。で、いくら出す？」

「指三本だな」

「三十万か。まあ、いいだろう」

「冗談きついね。三万だよ」

「リッチマンがセコいこと言うなって」

「どっちがセコいんだか。いつもおれに危《ヤバ》いことさせといて、きっちり分け前は取ってる」

「仮にも、おれは現職だぜ。見城ちゃんみてえに獲物に牙を立てるわけにはいかないじゃねえか。それにさ、おれなんか控え目なもんだぜ。いつだって、見城ちゃんの喰い残しをおとなしくいただいてんだからよ」

「あれで、控え目だって？」

「わかったよ。三万で手を打ってやらあ。その代わり、オードブルを全品喰わせろよな」

百面鬼がにたついて、大声で無口なバーテンダーを呼びつけた。

悪い友達を持ったものだ。見城は薄い水割りウイスキーを半分ほど呷《あお》り、ロングピースをくわえた。百面鬼は狡猾《こうかつ》で、きわめて要領がよかった。それでいて、どこか憎めない。気を許した友人には、俠気《おとこぎ》を発揮することがあるからだろうか。

見城はボトルを摑み、グラスにバーボン・ウイスキーをたっぷり注いだ。

「おい、おい。何が悲しくって、自分の肝臓をいじめなきゃなんねえんでえ」

「おれって人間は友達《ダチ》思いだから、百《どう》さんの体を労《いたわ》ってやってるんだ」

「こりゃ、一本取られたな」

百面鬼が豪傑《ごうけつ》笑いをして、ロックグラスをひと息に空けた。

悪党刑事には、とてもかなわない。見城は胸の奥でぼやき、煙草の煙を長く吐き出した。

第二章　闇献金の強奪

1

赤いパイロンが見えた。

警官たちの姿も幾《いく》つか目に留《と》まった。検問だった。青山通りである。

見城はＢＭＷを素早く脇道《わきみち》に入れた。

『沙羅』の帰りだった。かなり飲んでいた。唐津と桂に会ったことで、帰宅時刻が遅くなってしまった。十時四十分を回っている。

百面鬼と松丸は、まだ店にいる。見城は自宅でひと風呂《ふろ》浴びて、ベッドで里沙を待つ気になったのだ。

裏道を進んでいると、携帯電話に着信があった。

発信者は綿引映美だった。声に、切迫感がにじんでいた。

「何かあったんだね」

「はい。あなたの事務所を出てから、わたし、ずっと変な男たちに尾行されてたんです」

「どんな奴らだった？」

「二人とも二十代後半で、ダウンコートの下に法衣《ほうい》のような服を着込んでいました」

「法衣？」

見城は問い返した。

「ええ。『タントラ原理教』の信徒たちが着ていたような服です」

「で、その二人組はいま現在、どこにいるんです？」

「まだマンションの前あたりにいると思います。さっきから繰り返しドア・チャイムを鳴らすようになりました。わたし、怖くなったので、ドアにチェーンをかけて息を潜めているんです」

「これから、すぐにあなたのマンションに向かおう。何があっても、絶対に玄関のドアを開けちゃ駄目ですよ」

「はい」

「できるだけ早く行きます」

「お願いします。話が前後しますけど、叔父にそれとなく誰かに恨《うら》まれていないかと訊いてみたんです。心当たりは何もないと申していました」

映美が言って、電話を切った。

見城は車のスピードを上げた。神宮前《じんぐうまえ》の裏通りから井《い》の頭《かしら》通りに入り、杉並《すぎなみ》区の高井戸《たかいど》まで直進する。

環状八号線を荻窪駅方向に走った。

映美のマンションは善福寺《ぜんぷくじ》川のそばにあった。八階建てだった。外壁は茶色の磁器タイル張りだ。

マンションの前の通りに、不審な人影はなかった。気になる車も見当たらない。

それでも見城は念のため、マンションの周《まわ》りを巡ってみた。

すると、マンションの裏手に白いスカイラインが駐《と》めてあった。山梨《やまなし》ナンバーだった。

『タントラ原理教』の教団本部は、富士山麓《さんろく》にある。いまは信徒は誰も住んでいない。破産管財人が居残っていた信徒たちをすべて立ち退《の》かせたからだ。

見城はBMWを道の端に寄せ、スカイラインに歩み寄った。

車内は無人だった。ドアはロックされている。見城はライターの炎で、車内を覗《のぞ》き込んだ。後部座席に、教祖の著書が何冊か積んであった。

映美を付け回していた二人組は、『タントラ原理教』の残党なのだろうか。そうだとしたら、怪しい男たちは近くにいそうだ。

見城は屈《かが》み込んで、スカイラインの後部タイヤのエアを抜いた。立ち上がったとき、マンションの非常階段で何かが動いた。

見城は闇《やみ》を透《す》かして見た。

非常階段の四階の踊り場に、二人の男がいた。青っぽいダウンコートの下から、水色の法衣のような服が覗いている。

その服が『タントラ原理教』の法衣だとしたら、二人とも元幹部信徒なのではないか。教祖の桐原の法衣は紫色だった。狂信的な弟子たちは教団が解散した現在も、常に法衣をまとっていた。

そうした残党たちは全国に数百人いると言われている。彼らが密《ひそ》かに連絡を取り合って、指名手配中の教団元幹部たちを匿《かくま》ったりしているようだ。

見城はBMWを少し移動させ、マンションの塀《へい》を乗り越えた。

中腰で、非常階段に接近していく。四階の踊り場にいる二人が気づいた様子はない。

見城は足音を殺しながら、階段を上がりはじめた。

二階に達したとき、上から二人の男が下りてきた。男たちは見城に気づき、ぎょっとした顔つきになった。

「おまえら、何をしてるんだっ」

見城は声を張った。右側の細身の男が無言で、いきなり腰の後ろから三十五、六センチの筒状の物を取り出した。次の瞬間、先端から橙《だいだい》色の火炎が音をたてて勢いよく噴《ふ》き出した。手製の小型火焔《かえん》放射器だった。

とっさに見城は、左腕で顔面を庇《かば》った。

それでも、スエードジャケットの袖口《そでぐち》と前髪が焦《こ》げた。見城は手摺《てすり》を飛び越え、ひとまず裏庭に舞い降りた。着地と同時に、肩から転がる。ショックを和《やわ》らげたのだ。

二人の男が階段を駆け下りる音がした。

見城は起き上がった。すでに二人の男はマンションの角を曲がりかけていた。見城は追った。

男たちが立ち止まった。

またもや火焔放射器が唸《うな》った。吐き出された炎は六メートルほど伸びた。見城はいったん足を止め、すぐ後ろに退《さ》がった。

そのとき、別の男がダウンコートの前を大きく開けた。法衣の腰には、チャンピオンベルトほどの太さの奇妙なベルトが巻かれている。

バックルの部分には、散弾のような鉛玉がびっしりと埋まっていた。多分、手製の隠し武器だろう。

話に聞いたことのある散弾ベルトバックルか。それは黒色火薬、電子時計用小型電池、フラッシュ用バルブで造られ、スイッチを押すと、金属板に装着された散弾が弾《はじ》け飛ぶ仕組みになっているらしかった。

男がベルトに手を掛けた。

見城は地べたに這《は》った。頭上を夥《おびただ》しい数の散弾が通過していった。

二人組が身を翻《ひるがえ》し、路上に逃《のが》れた。

見城は立ち上がって、男たちを追った。マンションの前の道に飛び出すと、今度は煙幕弾が放たれた。あたり一面に、いくらか黄色っぽい白煙が立ち込めた。

見城は視界を閉ざされ、動くに動けなかった。うっかり動いたら、命を落としかねない。男たちの足音が次第に遠ざかっていく。視界が悪い。

見城は歯嚙《はが》みした。少し待つ。ようやく煙幕が拡散し、見通しが利《き》くようになった。見城は路面を蹴《け》った。

だが、逃げた二人組の姿はすでに搔《か》き消えていた。スカイラインの駐めてある所まで行ったが、そのまま放置されていた。男たちはタイヤの空気を抜かれていることにすぐ気づき、車で逃走することを諦《あきら》めたようだ。

見城はスカイラインのナンバーを頭に叩《たた》き込んだが、どうせ盗難車だろう。自分らの車を置き去りにするとは考えにくい。ナンバーから、逃げた二人組の正体は割り出せないだろう。見城はふたたびマンションの前の道に戻った。マンションは、オートロック式ではなかった。管理人室もない。

見城はエレベーターで五階に上がった。

映美の部屋は五〇五号室だ。部屋のすぐ近くに非常口があった。二人組は非常階段を使って、映美の部屋に押し入る気だったのだろうか。

見城は部屋のインターフォンのボタンを押した。

ややあって、スピーカーから映美の小声が洩《も》れてきた。

「見城さんですか?」

「そうです」

見城はドア・スコープに向かって会釈《えしやく》した。

チェーンが外され、シリンダー錠が解《と》かれる。ドアが開けられ、外出着のままの映美が姿を見せた。

「遅くなって、すまない」

「前髪、どうしたのですか⁉」

「この年齢《とし》で茶髪《ちゃぱつ》にする気はなかったんだが……」

見城は軽口をたたいてから、二人組のことを話した。

「わたしを尾行していたのは、その男たちです」

「やっぱり、そうだったか。入ってもいいかな」

「ええ、どうぞ」

映美が自分のブーツを横にずらした。

見城は部屋に入った。小ざっぱりとした部屋だった。左側にベッドがあり、右側に机、書棚、ミニコンポなどが並んでいる。

焦茶《こげちゃ》のウッディフロアの上には、白と黒のアクセントラグが敷いてあった。その上に、ガラストップの小さなテーブルとジャンボクッションが置かれている。

「狭くて、すみません。どうぞベッドに腰かけてください」

映美が言った。

見城は曖昧《あいまい》にうなずき、アクセントラグに直《じか》に胡坐《あぐら》をかいた。

「せめてクッションを当ててください」

「お気遣いなく。あなたも坐《すわ》ってくれないか」

「はい」

映美がジャンボクッションを横にどけ、正坐をした。

「それじゃ、足が痛くなるよ。自分の家なんだから、足を崩したら？」

「でも、お客さんに失礼ですので……」

「その客が、こうして胡坐をかいてるんです。足を崩してもらったほうが、こちらも楽なんだがな」

見城は笑いながら、そう言った。

映美が救われたような表情で、遠慮がちに足を崩した。優美な女坐りだった。

「あら、わたしったら。いま、お茶を淹《い》れますね」

「いいんだ。坐っててくれないか。それより、今夜のようなことは初めて？」

「ええ。ストーカーっぽい男に何回か尾《つ》けられたことはありますけど、あの二人組のように怖い感じの男たちに尾行されたのは初めてです」

「そう」

「チャイムをしつこく鳴らされたり、ドア・ノブをガチャガチャと回されたときは心臓が止まりそうになりました」

「もう今夜は奴らも来ないと思うよ」

「そうだといいのですけど」

「まだ不安なようだったら、しばらく一緒にいてやろう」

思わず見城は、そう口走ってしまった。美しい女には弱かった。里沙のことがちらりと脳裏を掠《かす》めたが、後の祭りだ。

「ご迷惑なんではありませんか？」

「こちらはそんなことないが、あなたが困るだろうな」

「あら、なぜですか？」

「こっちが突然、あなたをベッドに押し倒すかもしれないからね」

「見城さんは、他者の人格を踏みにじるようなことは決してなさらない方だと思います。わたし、こう見えても、男性を見る目は確かなんです。さんざん授業料を払ってきましたので……」

映美が本気とも冗談ともつかない口調で言った。だいぶ恐怖心が薄らいだようだ。

「煙草を喫《す》ってもいいかな。ニコチン中毒なんですよ」

見城は言いながら、目で灰皿を探した。どこにも見当たらなかった。

「どうぞご遠慮なく。わたしも以前は、軽い煙草を一日十本ほど吹かしてたんです」

「そう」

「あっ、灰皿ですね。いま、取ってきます」

映美が立ち上がり、机の上にあった小さな陶製の灰皿を取ってきた。

見城は礼を言って、ロングピースに火を点《つ》けた。そのとき、ガラストップテーブルの上で固定電話が鳴った。クラシカルなファッション電話だ。映美が見城に断って、受話器を取り上げる。

見城は灰皿を摑《つか》み、さりげなく立ち上がった。シンクの前まで歩き、そこで煙草を喫いつづけた。

電話をかけてきたのは、映美の叔父のようだった。映美が優しく相手を慰めている。

一服し終えたとき、受話器がフックに戻された。

「失礼しました。電話、滝沢の叔父からだったんです」

「そうだったみたいだね」

見城は元の場所に腰を落とした。

「死んだ従妹《いとこ》の洋服やハンドバッグをわたしに貰《もら》ってほしいと言ってきたんですよ。家にあると、辛《つら》すぎるようです。でも、焼き捨てる気にもなれないからと言って……」

「そうだろうね」

「若いころはプロレスラーとも喧嘩《けんか》したという叔父が、まるで子供のようにしゃくり上げていました。叔父は、従妹の留衣をとてもかわいがっていたんです」

「しばらくの間、辛いだろうな」

「ええ。八時ごろにも叔父から電話があったんです。自分が誰かに狙《ねら》われてる可能性はゼロではないだろうから、わたしに気をつけてくれって言ってきたんですよ」

「そのとき、熱川会の会長は神戸連合会のことを暗に仄《ほの》めかしたりしなかった？」

「そういうことは、まったく……」

　映美が首を大きく横に振った。

「留衣さんのお兄さんは、爆破事件のことをどう考えてるんだろう？」

「前の電話で叔父から聞いた話ですけど、従兄の昇はリモコン爆弾を仕掛けたのは神戸連合会と思い込んでいるらしくて、夕方、日本刀を持って横浜《よこはま》にある関西系の組事務所に単身で殴り込みをかけようとしたというんです。でも、叔父に強く窘《たしな》められて、諦《あきら》めたらしいんですよ」

「あなたの従兄は、神戸連合会による犯行だという確証を握ってたんだろうか」

「わたしもそうなのかと思って、それとなく叔父に訊《き》いてみたんですよ。でも、従兄は別に確証があって、神戸連合会の系列組織に乗り込もうとしたわけではなかったようです」

「なんとなく神戸連合会の仕業《しわざ》だと思い込んでしまったんだろうな」

「どうもそうみたいですね。きょうのことを考えると、『タントラ原理教』の元信徒が何らかの形で事件に絡んでいるように思えてきたのですけど」

「その可能性はあるかもしれないね。実は爆破事件のあった晩、東都テレビ報道部の女性記者が殺害されてるんだ」

「その事件のことなら、知っています。その女性記者の方の惨殺体は、大森の東京港野鳥公園の中で発見されたのでしたよね？」

「そう。その雨宮深雪という記者は、『タントラ原理教』の指名手配中の元幹部たちの潜伏先を探ってたようなんだ」

見城は深雪の恋人の桂篤人に会ったことを明かし、詳しい話をした。

「栗林というTVカメラマンとよくコンビを組んでたのなら……」

「明日、栗林道の住んでたマンションに行ってみるつもりなんだ。もしかしたら、雨宮深雪は栗林に写真、ビデオテープ、取材メモといった物を預けてあるのかもしれないからね」

「そういうことなら、いつまでもここでわたしの用心棒さんをやってもらうわけにはいきませんね。わたし、もう大丈夫ですので」

映美が言った。

そのすぐ後、ふたたび電話機が鳴った。映美が手早く受話器を摑み上げ、すぐに顔をしかめた。

「いたずら電話みたいだね」

見城は声をかけた。映美が送話口を手で塞《ふさ》ぎ、早口で答えた。

「脅迫電話なんです」

「替わろう」

見城は半《なか》ば強引に受話器を奪い、自分の耳に当てた。だが、すでに電話は切られていた。

受話器をフックに戻し、見城は映美の顔を見た。

「電話をかけてきたのは男だったんだね？」

「ええ。さっきの二人組のどちらかかもしれません」

「なんて言われたの？」

「おまえを必ずさらう、尊師の好みのタイプだからな。拘置所から戻られたら、きっと大事にされるにちがいない。そんなふうに言われました」

映美が言いながら、わなわなと震えはじめた。見城は中腰になって、映美の両肩にそっと手を置いた。

「そんなに怯《おび》えることはない。ずっとそばにいてやろう」

「電話の男は、研究所の水無瀬千夏さんのことを知っていました。彼女と同じように、わたしを必ず誘拐すると……」

「それじゃ、さっきの二人組は三百三人のインテリ女性を拉致《らち》した組織の人間なのかもしれないな。奴らが『タントラ原理教』の残党だとしたら、さらった女性たちを教祖の桐原に捧《ささ》げる気なんだろう」

「わたし、あんなインチキ教祖の慰み者にされるぐらいだったら、舌を噛んで死にます」

「落ち着くんだ。しばらく実家に戻ってたほうがいいな」

「鎌倉からでは、遠すぎて通勤できません」

　映美が言った。

「仕事のことも気になるだろうが、いまは自分の身の安全を第一に考えるべきだね。実家か、叔父宅に移ったほうがいいな」

「少し考えさせてください」

「どちらに行くにしろ、車で送り届けてやろう」

「見城さんに、これ以上ご迷惑はかけられません。どちらか結論が出たら、身の回りの物をトラベルバッグに詰めてタクシーを拾います」

「そいつは危険すぎるな。依頼人に何かあったら、寝醒《ねざ》めが悪くなる。頼むから、おれの車に乗ってくれないか」

見城は説得をつづけた。

2

夜明けが近い。

東の空の一点が白《しら》みはじめている。

見城はステアリングを操りながら、生欠伸《なまあくび》を嚙み殺した。JR恵比寿《えびす》駅の近くを走っていた。映美を高輪にある滝沢宅に送り届けた帰りだった。彼女は迷ったまま、一時、叔父宅に避難する気になったのだ。

間もなく午前五時になる。

熱川会の会長の自宅は、まさに豪邸だった。敷地は五百坪近かった。庭木の向こうに、総檜造《そうひのきづく》りの大きな和風家屋が見えた。武家門《ぶけもん》も立派だった。

映美は車を降りたとき、叔父の滝沢に紹介すると言った。

しかし、面識のない人物を訪ねる時刻ではない。見城は遠慮し、帰路についたのだ。

里沙は待ちくたびれて、見城のベッドで眠っているのではないか。

途中で帰宅が遅くなることを電話で伝えるべきだったかもしれない。しかし、恐怖に戦《おのの》いている依頼人のそばで電話はかけにくかった。

十分ほど経《た》つと、桜丘町にある塒《ねぐら》に着いた。

見城は地下駐車場にBMWを置き、八階の自分の部屋に急いだ。ドアはロックされていた。見城は解錠し、そっと玄関に入った。

里沙のハイヒールがあった。室内は明るかったが、物音はしない。

見城は抜き足で居間に進み、トランクスだけになった。エアコンディショナーが作動していた。寒くはない。

奥の寝室のドアは、細く開いていた。

かすかに里沙の寝息が聞こえた。見城は静かに寝室に入った。ナイトスタンドだけが灯っている。里沙はベッドの端に横たわっていた。背を見せる恰好《かっこう》だった。

見城は後ろ手に寝室のドアを閉めた。

その音で、里沙が目を覚ました。すぐに彼女は体の向きを変えた。

「お帰りなさい」

「起こしちゃったな。ちょっと思いがけないことがあって、こんな時刻になってしまったんだ。悪い！」

「いいの、気にしないで。何があったの？」

「先にベッドに入らせてくれ」

見城は羽毛《うもう》蒲団《ぶとん》とダブル毛布を一緒に捲《めく》り、里沙の横に寝た。里沙は男物のオックスフォード織りのワイシャツを素肌にまとっていた。

見城のワイシャツだ。里沙は、それをパジャマ代わりにしている。下は、若草色のシルク製のパンティーしか穿《は》いていない。

百六十四センチの体は、実に均斉がとれている。砲弾型の乳房はたわわに実り、ウエストのくびれが深い。腰は豊かだ。ほどよく肉の付いた形のいい脚《あし》は、すんなりと長かった。

見城は里沙のレモン形の顔を見ながら、帰宅時間が大幅に遅れた理由をかいつまんで話した。

「それじゃ、『タントラ原理教』の残党たちがレストランシップの爆破、テレビ局の報道記者の殺害、それから一連の失踪《しっそう》事件のすべてに関《かか》わってるわけ？」

里沙が問いかけてきた。

「その可能性は否定できないが、いまの段階じゃ、断定的なことは言えないな」

「そうでしょうね」

「ベッドの中で、こんな会話は無粋《ぶすい》だ」

見城は言いながら、里沙のぽってりとした官能的な唇を人差し指の腹でなぞった。

里沙が奥二重のきっとした両眼を和《なご》ませる。見城は片腕で里沙を抱き寄せ、唇をついばみはじめた。

「前髪がちりちりね。かわいそう、かわいそう」

里沙がおどけた調子で言って、見城の髪の毛をまさぐった。情愛の籠《こも》った手つきだった。

ほどなく二人は、互いの唇を激しく貪《むさぼ》り合った。舌と舌が幾度も絡《から》み合う。

見城は、いつものように里沙の上顎《うわあご》や歯茎《はぐき》も舌の先で掃《は》くように軽くなぞった。どちらも、れっきとした性感帯だ。里沙は幾度も喉《のど》の奥で甘やかに呻《うめ》いた。

二人は前戯を施《ほどこ》し合ってから、一つになった。

見城はワイルドに動いた。突き、捻《ひね》り、また突く。密着度が強まるたびに、里沙は切なげな呻《うめ》きを洩らした。男を奮《ふる》い立たせるような声だった。

見城は律動を速《はや》め、そのままゴールになだれ込んだ。ワンテンポ遅れて、里沙もクライマックスに達した。

二人は、そのまま動かなかった。

全身で余韻《よいん》を汲《く》み取ってから、静かに離れた。どちらも、心地《ここち》よい疲労感に包まれていた。二人は裸のまま、眠りに溶けた。

電話の着信音で叩き起こされたのは正午過ぎだった。見城は寝たままの姿勢で、ホームテレフォンの子機を耳に当てた。

「はい、『東京リサーチ・サービス』です」

「寝ぼけた声だな。昨夜《ゆうべ》は、たっぷりお娯《たの》しみだったんじゃねえのか。携帯に先に電話したんだけど……」

百面鬼だった。

「何かわかったの？」

「さっき雪谷署の署長に電話したんだ。東都テレビの栗林ってカメラマンは、やっぱり殺されたんだよ」

「その裏《ウラ》付けは？」

「事件当日、栗林の車の下に潜《もぐ》り込んでる男を目撃したって主婦が、きのうの午後に見つかったらしいんだ」

「地取《じど》りで、なぜわからなかったんだろう？」

「その目撃者《モク》は最初、事件に巻き込まれたくなかったんで、すぐには目撃証言しなかったんだってよ」

「そういうことか。それで、ブレーキオイルを抜いた奴は？」

「まだ逮捕《パク》ってねえってさ。目撃者《モク》の証言によると、栗林の車の下に潜り込んでた男はダウンコートの下に法衣みてえな服を着てたらしいんだ」

「そいつは、『タントラ原理教』の残党っぽいね」

見城はそう前置きして、これまでの調査の経過を語った。

「あのインチキ教団の残党どもは、手負《てお》いの獅子《しし》みてえなもんだからな。桐原の奪還のためだったら、無差別殺人ぐれえは平気でやるだろうよ」

「だろうね。ただ、ちょっと腑《ふ》に落ちないこともあるんだ。なぜ、メアリー号にリモコン爆弾を仕掛けるなんて面倒なことをしたのかな。まず、そのことに引っかかるんだよ」

「尊師《そんし》と呼ばれてた髭面《ひげづら》の男は、権力者や成功者、それから暴力団関係者を嫌悪してた。メアリー号には、嫌いな人間が大勢乗ってたよな。だから、軍事プラスチック爆弾を仕掛けたんじゃねえのか？」

百面鬼が言った。

「そうだとしても、まだ疑問点があるね。歌舞伎町で射殺された不法滞在のイラン人や中国人たちは、どう説明がつく？　別に桐原は彼らを憎悪している気配はなかったと思うんだ。もし不法滞在の外国人を嫌ってたとしたら、もっと早い時期に新大久保界隈《かいわい》に例の密造した猛毒ガスを散布させてたと思うんだ」

「言われてみりゃ、確かにそうだな」

「それから、逃げ回ってる指名手配中の教団元幹部たちが桐原のために三百人以上のインテリ女性を拉致して、どこかに監禁しておくなんてことが可能だろうか」

「『タントラ原理教』には隠れ信者がたくさんいたみてえだから、公安で把握《はあく》してる数字よりも、残党はずっと多いんじゃねえか。それからさ、教団の隠し金がどこかにあるんだろう。銭《ぜに》がありゃ、プロの誘拐屋グループだって雇《やと》える」

「それはそうなんだが……」

　見城は何となく釈然としなかった。

「話は違うが、名古屋の中部会が東西の勢力をぶつけさせようと画策《かくさく》した様子はなかったよ。愛知《あいち》県警の捜四《そうよん》（現・組織犯罪対策部）からの情報だから、虚偽《ガセ》ってことはねえだろう」

「神戸連合会の動きのほうは？」

「関東やくざを潰《つぶ》しにかかってるって情報は、どっからも入ってこねえな」

「そう」

「東都テレビの女記者とカメラマンの線から、何か出てくるんじゃねえの？」

「そいつを期待したいね。とにかく、後で栗林道のマンションに行ってみるよ」

「そうかい。ところで、約束の三百万いつ貰えるんだい？」

百面鬼が問いかけてきた。

「三百万⁉　謝礼は三万の約束だったはずだがな」

「何言ってんだい？　三百万払う気がねえんだったら、おれ、見城ちゃんに手錠《ワッパ》打たなきゃなんねえな。そっちは悪党どもの弱みにつけ入って、強請《ゆすり》を重ねてきた」

「百《どう》さんも同罪だぜ。おれの片棒担《かつ》いできたわけだから」

「見城ちゃん、焦《あせ》るなって。冗談に決まってるじゃねえか。会ったとき、ちゃんと三万円貰うぜ」

「わかったよ」

見城は通話を切り上げた。

応答はなかった。

ドアノブも回らない。『桜新町ハイツ』の二〇一号室である。どうやら栗林の姉は留守のようだ。

3

見城は左手首のコルムを見た。

午後三時十分過ぎだった。里沙を参宮橋《さんぐうばし》の自宅マンションに送り届け、ここにやって来たのだ。

栗林の姉が戻ってくるまで、車の中で待つことにした。見城は二〇一号室のドアから離れた。

ちょうどそのとき、エレベーターホールの方から二十八、九歳の女が歩いてきた。両手にスーパーマーケットの白いビニール袋を提《さ》げている。マンションの入居者だろう。

「ちょっとうかがいます。二〇一号室の栗林さんは、いつも何時ごろに帰宅されてるかわかります？」

見城は話しかけた。

「わたし、栗林です。失礼ですが、どちらさまでしょう？」

「警視庁の者です。亡くなられた道さんのお姉さんですね？」

「そうです。晴加《はるか》といいます」

「実は、お願いがあるんですよ」

「何でしょうか？」

「弟さんが使われていた部屋は、もう片づけてしまいました？」

「いいえ、まだ整理していません」

「よかった。ご迷惑でなければ、弟さんの部屋をちょっと検《しら》べさせてもらいたいんですよ」

「雪谷署の方たちが、弟の部屋をもう検べましたけど」

晴加が訝《いぶか》しそうに言った。見城は模造警察手帳をちらりと見せ、改めて自己紹介した。

「わたし、捜査一課の中村と申します。大森署に設置された捜査本部の捜査班の一員なんですよ」

「というと、東都テレビの雨宮深雪さんの事件を担当されてるんですね？」

「ええ、そうです。雨宮さんが隠し撮りした写真かビデオ映像を弟さんに預けている可能性が出てきたんですよ。ご協力願えると、ありがたいんですがね」

「わかりました」

栗林晴加がビニール袋を玄関ドアの横に置き、狐色《きつねいろ》のレザーコートのポケットから部屋の鍵《かぎ》を取り出した。

「お取り込み中でしょうが、ご協力くださいね」

見城は恐縮した。

晴加が玄関のスチールドアを大きく開けた。二つのビニール袋を持ち上げ、彼女が先に靴を脱いだ。栗林の姉はフリーのブックデザイナーだった。自宅は仕事場でもあるのだろう。

「お邪魔します」

見城も二〇一号室に入った。

間取りは振り分けタイプの2LDKだった。中心部のLDKを挟む形で、二つの洋室があった。

「弟が使ってた部屋は、こちらです」

晴加がレザーコートを脱ぎ、左手にある洋室のドアを開けた。

八畳ほどのスペースだった。壁側にベッドと洋服簞笥《だんす》があり、反対側には書棚やパソコンデスク、ビデオ内蔵型のテレビなどが並んでいた。テニスラケットも見える。

「立ち合っていただきたいんですよ」

見城は晴加に言って、先に死んだTVカメラマンの部屋に入った。

室内は冷え冷えとしている。後から入室した晴加が、慌《あわ》ててエアコンディショナーの電源スイッチを入れた。すぐに温風が吐き出されはじめた。

「それじゃ、失礼します」

見城は書棚に歩み寄り、一冊ずつ単行本を検《あらた》めはじめた。ノンフィクション物が大半だ。

ゆっくりとページを繰《く》りつづけたが、写真のプリントもネガも挟まっていない。書棚の裏側も覗いてみたが、探し物はどこにもなかった。

「パソコン、操作できます？」

見城は晴加に顔を向けた。

「ええ、一応」

「こっちは操作が下手《へた》なんですよ。データの呼び出しをお願いできますか？」

「いいですよ」

晴加がパソコンデスクに向かい、登録されているファイルをディスプレイに流しはじめた。

見城は画面を凝視した。だが、事件に関わりのありそうな文書は何も登録されていなかった。

「弟さん、銀行の貸金庫の類《たぐい》は借りていませんでした？」

「ええ。そんな所に保管しておくような大事な物は、何もありませんでしたから」

「そうですか。親しくしていた女性は？」

「彼女はいませんでした。道は、弟は雨宮深雪さんに思慕《しぼ》を寄せてたんだと思います。でも、雨宮さんには商社マンの恋人がいるので、誰にも胸の想《おも》いは明かしたことはなかったんでしょう。ですけど、姉のわたしにはわかっていました」

晴加がそう言いながら、パソコンから離れた。

「そういうことなら、雨宮さんに何か預かってほしいと頼まれたら、弟さんは断れなかっただろうな」

「だと思います」

「簞笥の中、ちょっと見せてもらいますね」

見城は断ってから、素木《しらき》の簞笥の上段と下段の引き出しの中を検べた。

だが、虚《むな》しかった。片膝をついて、ベッドの下も覗く。何もなかった。寝具やベッドマットもはぐってみたが、やはり何も隠されていない。

「弟さんが、あなたの部屋に何かを隠すなんてことは考えられないだろうか」

「それは考えられませんね。わたしは一日中、自分の部屋にいることが多いですし、弟の入室を禁じてましたので」

「そうですか。居間も検《あらた》めさせてもらっていいですか？」

「ええ、どうぞ」

晴加が快諾《かいだく》した。

見城は居間に移り、ソファセット、マガジンラック、飾り棚、CDミニコンポと一つずつ入念に検べた。しかし、無駄骨を折っただけだった。

ダイニングキッチンの収納棚や食器棚の中までチェックしてみたが、なんの手がかりも得られなかった。トイレや浴室を覗くことは、さすがにためらわれた。シューズボックスと収納庫の中も見てみたが、徒労に終わった。

「弟が雨宮さんから何か預かったとしたら、室内には隠さないでしょうね。部屋の中は誰かに物色《ぶっしょく》されるかもしれませんでしょ？」

「確かに。意外な場所に隠す気になるだろうな。たとえば、トイレの貯水タンクの中とか観葉植物の鉢の中とか……」

「あっ、弟は一時期、ベランダ菜園に熱中していました。ミニ大根とかフルーツトマトの種を蒔《ま》いたりしてたんですけど、芽が出ると、すぐに野鳥に食べられちゃうので、やめてしまったんです」

晴加が言った。

「プランターは、いまもベランダに？」

「ええ、ありますよ」

「念のため、ちょっと見せてほしいんです」

見城は言って、居間のサッシ戸を開けた。

ベランダは二間《けん》ほどの幅だった。埃《ほこり》を被《かぶ》った男物のビニールサンダルがあった。

見城はサンダルを借り、ベランダに降りた。陽《ひ》は大きく傾いていたが、まだ昏《く》れてはいない。

細長いプラスチック製の白いプランターが三つ横に並んでいる。どれも、土は水分を失っていた。プランターの横に、小さなスコップがあった。

見城は身を屈《かが》め、ハンドスコップでプランターの土を掘り起こしはじめた。

最初と二番目のプランターの中には探し物はなかった。三番目のプランターの土にスコップを突っ込むと、かすかな金属音が聞こえた。

見城は土を抉《えぐ》るように大きく掘り起こした。

土の中に、金属製の箱が埋まっていた。単行本ほどの大きさだった。

箱は密封されている。見城は粘着テープを剝《は》がし、金属箱の蓋《ふた》を開けた。中には、ポリエチレンの半透明の袋が収まっていた。ポリエチレンの袋の中身は、写真のネガと一巻のビデオテープだった。

見城は室内に戻った。

袋からネガを取り出し、電灯の光に翳《かざ》す。被写体は、五十代半《なか》ばの男と二十七、八歳の女だった。二人は何か密談している様子だ。場所はホテルのラウンジバーだろうか。

ネガシートには、赤のマーカーで被写体の氏名と思われるものが記《しる》してあった。

丸菱物産の田島洋司《たじまようじ》常務
民自党《みんじ》の月村澄夫《つきむらすみお》議員秘書・水谷華代《みずたにはなよ》
この二人は、いったいどういう間柄なのか。

「弟は、そのネガとビデオテープを雨宮さんから預かったのでしょうか？」

晴加が口を開いた。

「あるいは、弟さん自身が撮影したのかもしれないな」

「月村議員といったら、大臣経験のある大物ですよね。丸菱物産の田島という常務は議員秘書の水谷華代という方を通じて、大物国会議員に何か頼み込んだのでしょうか」

「それ、考えられますね」

「ビデオには、何が映ってるのでしょう？　刑事さん、ちょっと観《み》せてもらえませんか」

「ええ、かまいませんよ」

見城はポリエチレンの袋から、ビデオテープを取り出した。

居間に、大型テレビがあった。ビデオデッキにテープを入れ、再生ボタンを押す。テープは巻き戻されていた。

少し待つと、画像が映し出された。

ファーストシーンは、水谷華代が法衣姿の三人の男にセルシオの運転席から引きずり出されるところだった。

男のひとりが、すぐ議員秘書の首筋にフォールディング・ナイフを押し当てた。華代の美しい顔が引き攣《つ》る。男たちは華代に車のトランクリッドを開けさせた。二人の男がトランクの中から四つの段ボール箱を抱《かか》えて出し、自分たちのライトバンに積み替えた。

段ボールは、かなり重そうだ。中身は札束か、書類なのだろうか。

華代に刃物を突きつけていた男がセルシオの鍵《キー》を抜き、遠くに投げ捨てた。三人組はライトバンで逃げ去った。

ビデオテープの映像は、そこまでしか映っていなかった。

見城はテープを早送りしてみたが、やはり映像は出てこない。ビデオテープを巻き戻す。

「四つの段ボール箱の中には、何が入っているんでしょう？」

「ネガには、大手商社の重役と国会議員の女性秘書が写ってました。となると、段ボールの中身は闇献金と考えたくなりますね」

「わたしも、実はそうじゃないかと思いました。昔から大手企業と与党政治家は癒着《ゆちゃく》していますからね」

「ええ。写真のネガとビデオテープ、しばらく預からせていただけますか？」

「かまいませんけど……」

「こっちがネガとビデオテープを見つけたこと、同僚の捜査員たちには内緒にしていただきたいんですよ」

「なぜ、そうおっしゃったのでしょう？」

晴加は怪しむ口調だった。見城は少しも慌てずに、もっともらしく言い繕《つくろ》った。

「警察もサラリーマン社会と同じで、そこそこの手柄を立てないと、閑職に追いやられてしまうんです」

「そうなんですか」

「ここしばらく、手柄を立ててないんですよ。別に上司の顔色をうかがいながら仕事をしてるわけではないんですが、たまには点数稼いでおかないとね」

「そうでしょうね。わかりました」

「恩に着ます」

「さっきの三人組は、『タントラ原理教』の関係者のようですね？」

「そう言い切れるだけの裏付けはありませんが、それは充分に考えられるでしょう。雨宮深雪さんは、『タントラ原理教』の残党たちの潜伏先を探《さぐ》ってたようですから」

「弟と雨宮さんは残党たちの犯罪を暴こうとして、殺されることになってしまったんですかね」

「そのあたりのことは、まだ断言できないんですよ。ビデオに映ってた三人の男が、教団の元幹部だという確証を得たわけじゃありませんから」

「でも、怪しいことは怪しいですよねっ」

　晴加が語気を強めた。

「ええ、それは……」

「刑事さん、一日も早く指名手配中の教団元幹部たちを捕まえてください。そうすれば、雨宮さんと弟を殺した犯人かどうかはっきりするでしょうから」

「ベストを尽くします。それはそうと、弟さんの遺骨はご実家のほうに？」

「ええ」

「それでは犯人を逮捕したら、ご実家に報告に上がりましょう。ご協力に感謝します」

見城はビデオデッキからテープカセットを抜き、ポリエチレンの袋に入れた。

晴加に見送られて、玄関に向かう。ＢＭＷは、『桜新町ハイツ』の前の路上に駐《と》めてあった。見城は車の中に入ると、携帯電話を手に取った。丸菱物産に電話をかけ、桂篤人を呼び出してもらう。長くは待たされなかった。

「警視庁の中村です」

「きのうは、ご馳走《ちそう》さまでした」

「ちょっとうかがいたいことがあるんですよ。おたくの会社と民自党の月村澄夫議員とは、何かと関係が深いんでしょ？」

「ええ、まあ」

「ということは、正規の政治献金とは別に月村氏に闇献金も渡してるんでしょうね？」

見城はストレートに訊いた。

「そういうご質問には、ちょっと……」

「いまの言葉だけで、充分です。政治家たちに届ける闇献金に関する責任者は、副社長か常務あたりなんでしょ？」

「そうした込み入ったお話でしたら、別の部屋の電話に切り替えます。そのまま、少しお待ちください」

桂の声が途切れ、音楽のテープが流れてきた。曲はビートルズの『レット・イット・ビー』だった。

見城は煙草に火を点けた。ふた口ほど喫《す》ったとき、桂の声が耳に届いた。

「会議室に移りました。さきほどの闇献金の件ですが、わたしはよくわかりません」

「闇献金の責任者は田島常務だという情報もあるんですよ」

見城は鎌をかけた。桂が絶句した。狼狽の気配が伝わってきた。図星だったのだろう。

「丸菱物産さんが政治家に届けることになってた闇献金が途中で何者かに強奪されたことはありませんか？」

「あります、去年の秋に」

「その闇献金は、月村議員に届けることになってたんでしょ？」

「よくご存じですね。五億円の裏献金を、議員秘書の女性に渡したことは渡したらしいんですよ。しかし、その後、女性秘書は運転していた車を正体不明の男たちに停めさせられて、お金をそっくり奪われたようなんです」

「月村議員は、横奪《よこど》りされた五億円をあっさり諦めたんだろうか」

見城は煙草を灰皿に突っ込んだ。

「いいえ、月村先生はもう一度なんとかならんかと社長に泣きついてきたそうです。先生には何かとお世話になっているので、新たに五億円を常務が直《じか》に届けたという噂《うわさ》です」

「そうですか」

「刑事さん、闇献金のことをどこから……？」

「TVカメラマンの栗林道がマンションのベランダに置いてあったプランターの土の中に、写真のネガとビデオテープを隠してあったんですよ」

「ほんとですか!?」

桂が驚きの声を洩らす。見城は詳しい話をした。

「まさか田島常務が、最初の五億円を強奪させたんじゃないだろうな。いや、そんなふうに短絡《たんらく》的に疑うのはよくない」

桂が自問自答した。

「どういうことなんです？」

「実は田島常務の息子さんが、『タントラ原理教』の熱心な信者だったんですよ。大手自動車メーカーをやめて、出家したのです。常務は息子さんの宗教観がおかしいと出家には強く反対したらしいのですが、結局、引き留《と》めることはできなかったようですね」

「その息子さんは現在、どうしてるんです？」

「教団が解散させられてからは、消息不明だそうです。しかし、それは表向きの話かもしれませんね。あれだけ世間を騒がせた教団と息子さんが関わっていたわけですから、常務も世間体《せけんてい》を考えてるんでしょう」

「それで音信不通と称して、実は裏で息子の面倒を見てた？」

「そういうこともあり得《う》るんではないでしょうか。元信者というだけで、風当たりが強いようですからね」

「就職しにくいとか、アパートを借りにくいなんてことは実際にあるそうです。インチキ教団を非難してもいいが、教祖に騙《だま》された純真な若い信者たちを色眼鏡で見るのは感心できないな」

見城は言った。

「その点については、まったく同感ですね。それはともかく、常務は自分の息子を含めて元信徒たちを何とか経済的に自立させようと思ってるのではないでしょうか。その基盤を作ってやるには、まとまったお金が必要になるわけでしょ?」

「で、元信者たちに闇献金を横奪りさせたかもしれないと……」

「そんなふうに、ちらっと考えてしまったんです。でも、確たる証拠があるわけでもないのに、他人を疑うのはよくないですね」

「まあ、そうですが。田島常務のことを少し調べてみますよ。忙しいのに、悪かったですね」

「いいえ、どういたしまして」

桂が電話を切った。見城は桂の受け答えに少し違和感を覚えていた。田島常務の弱点を軽々《けいけい》に喋《しゃべ》ったのは、なぜなのか。常務に何か恨みでもあるのだろうか。そうではなく、ミスリードを企《たくら》んでいるのか。

見城はそう思いながらも、念のため田島常務を尾行してみることにした。車のエンジンを始動させる。

4

タクシーが停まった。

ＪＲ神田《かんだ》駅のそばだった。田島常務が料金を払い、車を降りた。コートの襟《えり》を立てている。

見城はＢＭＷを路肩《ろかた》に寄せ、ハザードランプを灯《とも》した。

ダークグリーンのレザーブルゾンを助手席から掴み上げ、さりげなく車から出る。田島は飲食店の連《つら》なる通りに入った。見城はキャメルカラーのタートルネック・セーターの上にレザーブルゾンを羽織《はお》り、田島を尾けはじめた。

午後九時を回っていた。

田島は二百メートルほど歩き、煤《すす》けた居酒屋に入っていった。大手商社の重役には似つかわしくない店だ。馴染《なじ》みの店ではないだろう。

まだ田島には顔を知られていない。

見城は路上で煙草を一本喫ってから、田島のいる居酒屋の客になった。田島は奥のテーブル席で、ビールを傾けていた。人待ち顔だった。

見城は、田島のいるテーブル席のすぐ横のカウンターに坐《すわ》った。

田島には背を向ける恰好だった。ビールと数種の肴《さかな》を注文する。六十過ぎの店主は、ひどく無愛想だった。

店主の妻らしい女は、逆に愛想がよすぎた。終始、笑顔を崩さなかった。

客席は半分しか埋まっていない。見城はビールを飲みながら、おでんと牛の刺身を食べはじめた。肴《さかな》をあらかた平らげたころ、店に二十五、六歳の細身の男が入ってきた。

男はデザインセーターの上に、小豆色《あずき》のダウンパーカを羽織っている。下はアイボリーのチノクロスパンツだった。

男は田島のテーブルに着いた。二人は顔立ちがよく似ている。特に目許《めもと》がそっくりだ。

「おまえ、何を飲む？」

田島が相手に訊いた。

「ビールでいいよ」

「そうか」

「すみません、グラスをください。それから、焼鳥を垂《た》れと塩で五本ずつね」

若い男が店の女に言った。

遣《や》り取りから察して、彼は田島の息子らしい。ビアグラスは、すぐにテーブルに運ばれた。田島が酌《しゃく》をする気配が伝わってきた。

「親父《おやじ》、少し痩《や》せたんじゃない？」

「おまえのことで、いろいろ心配させられたからな」

「申し訳ない。でも、もう迷いはふっ切れたよ。仲間と行動を共にする」

「そうか。おまえの人生なんだから、自分の好きなようにすればいいさ」

田島が言った。

「ああ、そうするよ。こないだは、あんな大金をありがとう。あれだけあれば、当分、喰うには困らない」

「あまり無駄遣《づか》いをするなよ。いつまでもあると思うな、親と金だ」

「わかってるって。親父が回してくれた金は大事に遣うよ」

息子がそう言い、うまそうにビールを飲む音が伝わってきた。

大金というのは、強奪した闇献金のことなのだろうか。見城はそう考えながら、ロングピースを喫いはじめた。

「おふくろと沙霧《さぎり》にも、いろいろ迷惑をかけちゃったな」

「いいんだよ、そんなことは気にしなくても。母さんも沙霧もおまえの宗教観にはついていけないと思ってるが、かけがえのない息子であり、兄だと考えてるんだから」

「なんだか切なくなるなあ」

「まあ、飲め」

「当分、家族に会えなくなりそうなんだ」

「体には気をつけろよ」

「うん。親父も、ちゃんと降圧剤を服《の》んだほうがいいぞ」

「服んでるさ、きちんとな。母さんがうるさいんだ」

「おふくろは、それだけ親父の健康のことを心配してるんだよ」

「そうなんだと思う」

田島が照れた表情で応じた。

焼鳥が田島の息子の前に置かれた。空腹だったのか、息子は物も言わずに焼鳥を食べつづけた。

「みごとな喰いっぷりだな。おまえの中・高校生時代を思い出すよ」

「親父の期待に背《そむ》くことになって、悪いと思ってる。言い訳になるけど、おれは流されるような生き方はしたくなかったんだ。世間で一流と呼ばれてる大学を卒業して、有名自動車メーカーに入った。だけど、そんなことでは心の充足感は得られなかった。それどころか、ストレスだらけの生活だったよ。なんだかテンションが下がってしまってね」

「父さんも、いまはおまえの気持ちが理解できるよ。少し前まで、青臭いことを言って、わざわざエリート街道を逸脱《いつだつ》したおまえの考えは稚《おさな》いと思ってたが……」

「その通りだったんだろうね」

「父さんは上昇することだけを願って懸命に努力したんで、何とか役員にはなれた。しかし、所詮《しょせん》は宮仕えだ。自分が全面的に経営を任されてるわけじゃない」

「親父、会社で何か厭《いや》なことでもあったの？」

息子が声をひそめて訊《き》いた。

「特に何かがあったわけじゃないが、派閥《はばつ》抗争とか足の引っ張り合いなんてことがあるんだよ。きのうの味方が、きょうは敵になってる。サラリーマンは出世すればするほど人間不信に陥《おちい》るし、孤独感が深まる。精神衛生には、よくない職業だな」

「そんなに辛《つら》い思いをしてるんだったら、いっそ脱サラして何か事業を興《おこ》したら？　沙霧だって、去年、社会人になったんだから、独立するチャンスじゃないか」

「長い間サラリーマンをやってると、だんだん臆病《おくびょう》になる。いつか自分の会社を持って思いきり働きたいって夢はあっても、なかなか踏んぎりがつかない。知らず知らず、会社に飼い馴《な》らされてしまったのかもしれないな」

「まだ五十五歳じゃないか。人生の残り時間が数年しかないってわけじゃない。やりたいことをやるべきだよ。死が迫ったときに後悔したって、やり直しが利《き》かないからね」

「わたしのことまで心配してくれなくてもいい。父さんは父さんで、悔いのない人生を送るつもりだ。それより、おまえのことが心配なんだよ」

田島が小さな溜息《ためいき》をついた。

「もう子供じゃないんだ。おれのことよりも自分のことを考えなよ」

「老《お》いては子に従え、か？」

「そんな偉そうなことは言わないよ。ただ、たった一度の人生なんだから、人は誰も自分の心に忠実に生きるべきだと思うね」

「実際、その通りだろうな」

「おれ、そろそろ行くよ。落ち着いたら、また連絡する」

息子が立ち上がった。

どちらを尾行すべきか。見城は一瞬、迷った。すぐに息子を尾けることに決めて、勘《かん》定《じょう》を手早く済ませる。釣り銭があったが、受け取る余裕はなかった。

すでに田島の息子は外に出てしまった。

見城は急いで店を飛び出した。田島の息子は駅の方に向かっていた。速足だった。見城は追った。いくらも歩かないうちに、暗がりから二人の男がぬっと現われた。昨夜、綿引映美の部屋に押し入りかけた二人組だった。

見城は視線を延ばした。いつの間にか、田島の息子は雑沓《ざっとう》に紛《まぎ》れてしまった。

二人をどこかに誘い込んで、口を割らせるか。

見城は路地に走り入った。

案《あん》の定《じょう》、二人の男が追ってくる。見城はほくそ笑《え》み、飲食街の路地から路地を走った。

数百メートル先に、割に広い月極《つきぎめ》駐車場があった。三方をビルに囲まれ、照明灯も一つしかなかった。

見城は月極駐車場に駆け込んだ。

男たちが追いかけてきた。見城は奥まで走り、体を反転させた。コンクリートの万年塀《まんねんべい》を背負う恰好《かっこう》だった。

走路の両側には、十台前後の車が駐《と》めてあった。

二人組が走路を塞《ふさ》いだ。細身の男が腰の後ろから、柄《え》付きのブラックジャックを引き抜いた。スナッピング・ブラックジャックと呼ばれている武器だ。連結部は紐状《ひもじょう》になっている。

「ブラス・ダスターじゃ、心許《こころもと》ないらしいな」

見城は挑発した。

「栗林のマンションに行ったな。見つけた物を渡すんだっ」

「誰だよ、栗林って？」

「しらばっくれる気か。おれたちは、あんたが『桜新町ハイツ』の二〇一号室に入ったのを見てるんだ」

「そこまで見られてるんだったら、シラを切っても意味ないな」

「栗林の部屋にあった物は、どこにある？」

別の男が口を挟んだ。きのうの晩、散弾ベルトバックルを腰に巻いていた男だ。

「残念ながら、何も見つからなかったんだ」

「素直にならないと、痛い目に遭《あ》うぞ」

「もう少し気の利いた脅《おど》し文句を並べろよ」

「この野郎！」

「おまえら、『タントラ原理教』の元信者のようだな。それとも、そう見せかけてるだけなのかっ」

見城は男たちを等分《とうぶん》に睨《ね》めつけた。

次の瞬間、右側の男が右腕を上段から振り下ろした。黒革の筒状のブラックジャックが唸りをあげて、ほぼ垂直に落ちてきた。

見城は半歩退《さ》がり、上体を後方に反《そ》らせた。

ブラックジャックが足許で鈍《にぶ》い音をたてた。走路の表面が抉《えぐ》られ、砂利石《じゃりいし》が幾つか飛んだ。ブラックジャックが引き戻される。

左側にいる男が、一メートルほど後退した。

スナッピング・ブラックジャックが風を切った。ブラックジャックは、ほぼ水平に泳いだ。見城は高く跳《と》んだ。

ブラックジャックが靴の下を通過する。見城は右の膝《ひざ》で細身の男の顔面を蹴《け》り、すぐ片割れの男の胸部に左足刀《ひだりそくとう》を見舞った。

二人の男は、ほぼ同時に倒れた。見城は着地するなり、二人の脇腹に強烈な蹴りを入れた。靴の先が深く埋まる。男たちは四肢《しし》を縮め、苦しそうに唸りはじめた。

見城は二人の懐を探《さぐ》った。

飛び道具も刃物も呑《の》んでいなかった。見城は素早く男たちの顎《あご》の関節を外してから、走路に落ちているスナッピング・ブラックジャックを拾い上げた。

二人の男が呻き声をあげながら、両腕で顔面を庇《かば》った。見城は男たちの間に立ち、交互にブラックジャックを振り下ろしつづけた。

撲《う》つ場所は選ばなかった。

側頭部、肩口、脇腹、腰、太腿《ふともも》に鉛と砂の詰まった革袋《ブラックジャック》を容赦《ようしゃ》なく叩きつけた。二人は言葉にならない叫び声をあげながら、転げ回った。

やがて、男たちは胎児《たいじ》のように体を丸めて動かなくなった。

見城は細身の男の顎の関節を元に戻してやった。男が長い息を吐く。口の周《まわ》りは、涎《よだれ》だらけだった。

「おれの質問に正直に答えないと、死ぬまで痛めつけるぞ」

見城は脅した。

「わかったよ」

「おまえらは、『タントラ原理教』の残党なんだろう？」

「そ、そうだ」

「おまえの名は？」

「賀来《かく》だ」

「もうひとりの奴の名は？」

「福留《ふくとめ》だよ」

「東都テレビの雨宮深雪と栗林道を殺《や》ったのは、おまえらの仲間なんじゃないのかっ」

「それは……」

賀来と名乗った男が口ごもった。

見城は無言で賀来の腰をブラックジャックで打ち据《す》えた。賀来が呻いて、反り身になった。

「時間稼《かせ》ぎはさせないぞ」

「仲間だよ、その二人を始末したのは」

「実行犯は三人なんだろう？」

「ああ」

「そいつらの名を言え！」

見城は声を張った。

「前北《まえきた》、笠原《かさはら》、三善《みよし》だよ」

「三人とも教団の元幹部だなっ」

「元じゃない。現幹部さ。尊師は逮捕されたが、『タントラ原理教』はおれたちの心の中で生きてる。国家権力で教団そのものは解散させられたが、尊師の教えは、おれたち弟子が受け継《つ》いだんだ。だから、『タントラ原理教』はまだ滅《ほろ》んじゃいない」

賀来は苦痛に顔をしかめながらも、昂然《こうぜん》と言った。

「そんなことは、どっちでもいいんだよ」

「いや、大事なことだ」

「前北たち三人は、どこにいる？」

「もう日本にはいないよ。三人とも、フィリピンのセブ島に逃げた」

「潜伏先は？」

「それはわからない。毎日、ホテルを変えることになってるからな」

「三人は、美人記者とTVカメラマンを始末しただけじゃないんだろう？」

見城は訊いた。

「雨宮って女記者を殺る前に、レストランシップにリモコン爆弾を仕掛けて、その後、やくざどもと不法滞在者たちを殺《ポア》した」

「メアリー号のレストランホールに軍事爆薬を仕掛けたのは、なぜなんだっ」

「熱川会の滝沢会長をはじめ、関東やくざの大親分が何人も船に乗ってたからさ。やくざは人間の屑《くず》だ。全員、ポアしなきゃならない。それに、結婚披露宴の招待客の中に新栄党《しんえい》の大沢次郎《おおさわじろう》党首も乗ってた。大沢は邪教宗教団体の支援を受けてるくせに、おれたちの『タントラ原理教』を邪教集団だと週刊誌のインタビューで答えやがった。だから、やくざどもと一緒にポアするつもりだったんだ。しかし、悪運の強い大沢は軽い火傷《やけど》を負ったきりだった。実に忌々《いまいま》しいよ」

賀来が長々と喋った。

口を閉じたとき、福留が身を起こしかけた。見城はスナッピング・ブラックジャックを振った。空気が縺《もつ》れる。

ブラックジャックは福留の後頭部を直撃した。

福留が鰐《わに》のような恰好で走路に這いつくばり、両手で頭を抱えた。全身を小刻みに痙攣《けいれん》させ、じきに意識を失った。脳震盪《のうしんとう》を起こしたようだ。

「綿引映美を拉致する気だったんだなっ」

見城は賀来の腹を爪先《つまさき》で軽く蹴った。

「ああ。尊師は知性的な美人が好きなんだよ。おれたちは千人の才女を誘拐して、尊師の側女《そばめ》にする計画を立てたんだ。すでに三百三人のインテリ美女を拉致した」

「その中に、共進食品工業バイオ研究所の水無瀬千夏も入ってるなっ」

「ああ。その女は、おれたち二人が拉致した。教団の科学省が開発した強力な麻酔薬を使ってな」

「三百三人の女は、どこに監禁してるんだ？」

「あっちこっちに分散させてる。女たちを一カ所に集めておくと、何かと目立つからな」

「具体的な場所を言え！」

「湯河原《ゆがわら》、箱根《はこね》、伊東《いとう》、伊豆《いず》高原、それから下田《しもだ》だよ。他人の別荘を無断で使ってるのさ」

賀来は澱《よど》みなく喋った。そのことが少し不自然だった。何かを隠そうとしているのかもしれない。

「後で案内してもらおう」

「それは勘弁してくれよ。そんなことをしたら、おれと福留は仲間にポアされてしまう」

「ポアされれば、あの世で汚れた魂《たましい》も浄化されるんだったな。喜ばしいことじゃないか」

「尊師はそうおっしゃってるが、その教えだけは信じてないんだ。それに、この世に未練もあるしな」

「まだ修行が足りないんじゃないか」

見城は鼻先で笑った。

数秒後、福留が意識を取り戻した。見城の方を振り返ったが、もう逃げようとはしなかった。

「話が後先《あとさき》になったが、雨宮深雪と栗林道を葬《ほうむ》った理由を喋ってもらおうか」

「あの二人は、おれたちが次々にインテリ女を拉致したことを嗅《か》ぎつけて、うるさく付け回してやがったんだ。それに……」

賀来が言葉を途切らせた。

「それに、何なんだ？」

「あいつら二人は、おれたちの仲間が闇献金を強奪した瞬間をビデオカメラで隠し撮りしたんだよ」

「闇献金？」

見城は何も知らない振りをした。

「なんだ、そこまでは知らなかったのか。だったら、何も喋ることはなかったな」

「喋らなきゃ、おまえの鼻を叩き潰《つぶ》す」

「わかったよ。おれの仲間は、丸菱物産が民自党の月村議員の女性秘書に渡した五億円を横奪《よこど》りしたんだ。その現場に東都テレビの雨宮深雪と栗林道がいたんだよ。危《ヤバ》いビデオを始末しなきゃ、大変なことになる。だから、おれと福留は東都テレビの報道部に明け方、忍び込んだんだ。しかし、ビデオテープはどこにもなかった。それで、女記者とカメラマンの自宅を物色してみる気になったんだが、忍び込むチャンスがなかったんだよ」

「それで、二人を殺す気になったんだな」

「そうだよ」

「闇献金のことをなぜ知ってた?」

「信徒の中に、丸菱物産の重役の倅《せがれ》がいるんだよ」

　賀来が答えた。

「その重役の名は?」

「田島洋司常務だよ。田島常務の長男の武寛《たけひろ》が、闇献金の支払い日や運搬方法を父親から教えてもらったのさ」

「なるほどな」

「田島武寛の親父さんは、ものすごく息子をかわいがってる。おれたちとは宗教的な考えが違うが、息子のために教団再建資金の調達方法をこっそり教えてくれたんだ。それで、おれたちは闇献金をうまくかっぱらうことができたってわけさ。武寛の親父さんの入れ知恵がなかったら、おそらくおれたちは現金集配車を襲撃してたと思うよ」

「奪った五億円は、どこにある？」

「いくら何でも、そこまでは話せないな」

「そうかい」

見城は薄く笑って、ブラックジャックを賀来の股間《こかん》に叩きつけた。

賀来が白目を剝《む》いて、獣《けもの》じみた唸り声を放った。唸りながら、体を左右に振る。

「次は顔面を狙うぞ」

「や、やめてくれーっ。かっぱらった闇献金は国立《くにたち》のアジトにある。もう四、五千万は遣《つか》ってしまったが、残りの金は保管してあるはずだよ」

「まず保管場所に案内してもらおうか。立て！」

見城は賀来が闇献金の隠し場所をすんなりと明かしたことが妙に気になったが、大声で命じた。

賀来がのろのろと起き上がった。福留も身を起こした。涎《よだれ》を垂らしながら、何か喋ろうとする。しかし、言葉にはならなかった。

「福留の顎の関節を直してやってもいいだろう?」

賀来が問いかけてきた。

見城は黙ってうなずいた。賀来が福留に近寄り、外れた顎の関節をわずか数秒で直した。実に手馴れたものだった。

この男たちは、本当に『タントラ原理教』の残党なのか。きのうの特殊武器のことを考えると、どうも偽者《にせもの》臭い。秘密をぺらぺらと喋ったことにも引っかかる。ミスリード工作の疑いが消えない。この二人は、『タントラ原理教』に罪を着せようとしているのではないだろうか。

見城は警戒しながら、賀来と福留を歩かせはじめた。

スナッピング・ブラックジャックは、まだ捨てなかった。二人が特殊な武器を隠し持っている恐れもあったからだ。

「おまえら、車だな?」

「いや、タクシーであんたの車を尾行してきたんだよ」

賀来が答えた。

「それじゃ、おれの車で国立に行こう」

「おれたち、アジトの中までは案内できない。そんなことをしたら、二人とも仲間に殺されちゃうからな」

「黙って歩け！」

見城は凄《すご》んだ。

二人は無言で歩きつづけた。その直後だった。月極駐車場の出入口に、黒っぽいワンボックスカーが停まった。

数秒後、賀来と福留が頭を低くして走りだした。ワンボックスカーのスライドドアが開き、黒いフェイスマスクを被った男が降り立った。

男は短機関銃《サブマシンガン》を構えていた。賀来と福留は、だいぶ遠ざかっていた。

見城は、駐車中の車の陰まで走った。

銃弾が赤く光りながら、走路を疾駆《しっく》する。コンクリートの万年塀を穿《うが》つ音が聞こえた。

見城は車の陰から、少しだけ顔を出した。ちょうど賀来と福留がワンボックスカーに乗り込んだところだった。

サブマシンガンを持った男が小走りに駆けてくる。

見城は車の後ろに回り込み、横に移動しはじめた。すると、男が同じように走路を横に走りだした。小走りだった。

車と車の間を横切るたびに、男は必ず発砲した。駐車中の車のボディーに何発か着弾した。弾《たま》切れになったら、一気に反撃に打って出ることにした。見城は車のパワーウインドー越しに、男の動きを見守った。

少し経《た》つと、ワンボックスカーから短いクラクションが響いてきた。

短機関銃を持った男は、バトルジャケットのポケットから果実のような塊《かたまり》を取り出した。手榴弾《しゆりゆうだん》だった。

見城は横に走った。

手榴弾が投げられた。それは、駐車中のパジェロの近くに落ちた。

すぐに派手な炸裂《さくれつ》音が轟《とどろ》いた。赤い閃光《せんこう》が走り、パジェロが宙に浮いた。ウインドーシールドが砕《くだ》け散る。後輪が黒い煙を吐きながら、燃えくすぶっていた。

男がワンボックスカーに引き返しはじめた。

見城は車と車の間を抜け、走路に出た。

手榴弾を投げた男の後ろ姿が見えた。見城は追いながら、スナッピング・ブラックジャックを投げつけた。ブラックジャックは男の背中に当たった。男が前にのめって、片手を走路についた。

見城は一気に間合《まあ》いを詰める気になった。

だが、間に合わなかった。男が体を反転させ、サブマシンガンを全自動《フルオート》で撃ってきた。

見城は転《ころ》がって車の間に逃げ込んだ。

連射された銃弾が走路で大きく跳《は》ね、駐《と》めてある車の屋根《ルーフ》を鳴らした。それから間もなく、銃弾が飛んでこなくなった。弾切れか。

見城は、また走路に躍《おど》り出た。

ワンボックスカーが急発進した。駐車場の前には、何人かの野次馬がいた。さきほどの炸裂音に驚いて、路上に飛び出したのだろう。

見城はうつむき加減で走り、月極駐車場を出た。と、商店主らしい中年の男が大声をあげた。

「おたく、被害者だよな。いま、一一〇番したからね」

「そうですか」

見城は言うなり、駅のある方向に駆けはじめた。

ワンボックスカーは、とうに視界から消えていた。

逃げた男たちは、犯罪のプロ集団にちがいない。しかし、一応、田島常務を揺さぶってみる必要はありそうだ。

見城は走りながら、そう考えていた。

第三章　新たな疑惑

1

朝刊の見出しは、やたら大きかった。

狂気、暴虐、惨殺、冷酷といった禍々《まがまが》しい文字が見える。記事に添えられた写真も、惨《むご》たらしいものばかりだった。

見城は新聞の記事を大急ぎで読んだ。

昨夜、首都圏の各地で法衣姿のテロリスト集団が日本人女性を次々に短機関銃や自動小銃で射殺したという記事だった。死傷者は約二百人にのぼると書いてあった。

前代未聞の大量殺人が起こったからか、前夜の神田での出来事には一行も触《ふ》れていなかった。

見城は、ひとまず安堵《あんど》した。

だが、大量殺人のことが妙に気になった。記事によると、犯人グループは揃《そろ》って水色か、橙色《だいだいいろ》の法衣を着ていたという。『タントラ原理教』の残党たちの犯行なのか。それとも、残党たちは濡衣《ぬれぎぬ》を着せられただけなのだろうか。わざわざ法衣姿で犯行に及ぶとは常識では考えにくい。残党たちは開き直っているのか。そうではなく、別の犯行グループが凶行に走ったのだろうか。

見城は居間の長椅子《ながいす》から立ち上がり、事務机に歩み寄った。

ちょうど午前十一時だった。見城は机に向かって、毎朝日報の社会部に電話をした。待つほどもなく、唐津が電話口に出た。

「おれです」

見城は言った。

「ああ、おたくか」

「ずいぶん素っ気ない返事だな。また、二日酔いですか？」

「そんなんじゃないよ。昨夜《ゆうべ》の凶行で、やたら忙しいんだ」

「実は、その事件《ヤマ》のことで電話したんですよ。大量殺人の実行犯グループは、法衣を着てたようですね。『タントラ原理教』の元信者たちの犯行なんでしょうか」

「それははっきりしないが、少し前に『タントラ原理教』がマスコミ各社に犯行声明文をファクス送信してきたんだ。うちの社にも、送られてきたよ」

「犯行の動機については、どんなふうに書かれてました？」

「堕落《だらく》しきった人間を抹殺《まっさつ》しなければ、この国は滅《ほろ》びてしまう。だから、生きる価値のない人間をポアしたと書かれてたよ。それから、例のレストランシップの爆破も自分たちの犯行だと付記されてた」

唐津が言った。

「そのほかの事件については？」

「雨宮深雪の事件のことを知りたいんだろ？」

「ええ」

「それについては、まったく触れてなかったな」

「そうですか。その犯行声明文のこと、どう思います？」

「どうって？」

「本当に『タントラ原理教』の残党が、犯行声明を出したんですかね。あの教団は毒ガスを撒《ま》いたときも、弁護士一家を殺害したときも、事件には関与してないって最後までシラを切ってましたでしょ？」

「そうだったな」

「そんな連中が、わざわざ犯行声明をマスコミにファクスしますかね？」

「以前とは事情が違ってる。教祖や幹部の大半は逮捕されてしまったが、まだまだ底力があるんだぞとアピールしたかったのかもしれないじゃないか」

「つまり、そのうち桐原を力ずくでも奪い返してみせるというデモンストレーションだったんではないかと？」

「そうなのかもしれないぞ。おたくは、犯人たちが『タントラ原理教』の仕業《しわざ》に見せかけようと工作したと考えてるようだな？」

「元刑事の勘《かん》なんですが、そんな気がしてきたんですよ」

見城は言った。

「実は、こっちもおたくと同じ考えを捨ててはいないんだ。ただ、『タントラ原理教』の残党に罪をなすりつけて、大量殺人を企《くわだ》てるようなテロリストグループが浮かんでこないんだよ。過激派の犯行とは思えないし、暴力団関係者でもなさそうだしな」

「行動右翼団体か、思想的にそれに近い組織はどうでしょう？」

「そのあたりの動きも、実はちょっと探ってみたんだ。しかし、行動の怪しい組織はなかったよ」

「そうですか。となると、公安警察も把握してない秘密結社の類《たぐい》なんですかね」

「秘密結社か。なるほど、考えられなくもないな。フリーメイソンの研究家に会ってみるか」

「何かいい情報を摑《つか》んだら、こっそり教えてくださいよ。おれは、どうしても『タントラ原理教』の残党たちがメアリー号のレストランホールにリモコン爆弾を仕掛けたとは思えないんですよ」

「おたく、何か有力な手がかりを持ってるんじゃないのか？」

　唐津が探りを入れてきた。

「そうだったら、何も唐津さんに電話なんかしませんよ」

「いや、おたくのことだ。こっちがどれだけのカードを揃えてるか、探りを入れてきたとも思えるな」

「おれは、そんな腹芸なんかできませんって」

「いつもやってるじゃないか。おたくの腹黒さは、ちょっと類を見ないんじゃないの？」

「おれの腹ん中は真っ白ですよ。というよりも、透《す》け透けだな。黒いのは髪の毛と目ぐらいです」

　見城は言った。

「役者め！」

「おれ、信用されてないんですね」

「忙しいんだ。またな」

唐津が先に電話を切った。

そのすぐ後、依頼人の綿引映美から電話がかかってきた。

「一昨日《おととい》はご迷惑をかけてしまって、ごめんなさい。その後、何かわかりました？」

「ああ、少しね」

見城は、これまでの経過を語った。唐津から聞いた話も伝える。

「『タントラ原理教』の元信者たちが、本当にメアリー号にリモコン爆弾を仕掛けたのかしら？」

「こっちは何か裏があると睨《にら》んでる」

「裏があるというと、真犯人は元信者たちではないだろうということですね？」

「そう言い切れる材料はないんだが、誰かが『タントラ原理教』の残党に濡衣《ぬれぎぬ》を着せようとしてるんじゃないかと思えてきたんだ」

「そうですか」

「だから、このまま調査を続行する」

「ええ、そうしてください」

「この電話、勤務先から？」

「はい、そうです。きのうは欠勤したんですけど、きょうは叔父のとこの若い衆に職場まで車で送ってもらったんです」

映美が答えた。

「気になる怪しい人影は？」

「いまのところは全然……」

「帰りは、どうするの？」

「若い衆が車で迎えに来てくれることになっているんです」

「もう少しの間、車で送り迎えしてもらったほうがいいだろうな」

「ええ、そうします」

「不審な人物に気づいたら、すぐに連絡してくれないか」

見城は電話を切った。

長椅子に戻り、リモート・コントローラーを使ってテレビのスイッチを入れる。画面には、府中《ふちゅう》刑務所の全景が映されていた。

ヘリコプターからの上空撮影だった。刑務所の一部が破壊され、焼け焦《こ》げている。

桐原は小菅拘置所に収監されている。それだから、府中刑務所が標的にされたようだ。

「府中刑務所の上空です。ご覧のようにロケット砲弾によって、木工作業室の屋根が破られ、作業室も爆風でめちゃくちゃです」

機内の男性記者の顔が画面に現われた。三十二、三歳だった。細面《ほそおもて》で、眼鏡《めがね》をかけている。

「作業中の服役者が三十人前後、亡くなったようです。死傷者の正確な人数は、まだわかっていません。撃ち込まれた二発のロケット砲弾は、約百二十メートル離れたマンションの空室から発射された模様です。マンションの入居者たちが、空室から法衣のような服をまとった二人の男が出てくるところを今朝《けさ》早く目撃しています。また、空室には時限発射装置が残されていました。なお、発射されたのはアメリカ製の百三ミリ・ロケット砲弾です」

画面が変わり、ふたたび府中刑務所の全景が映し出された。

見城はテレビの音量を絞り、電話機の置いてある机に歩《ほ》を運んだ。百面鬼の携帯電話のナンバーをプッシュする。

スリーコールで、通話可能状態になった。

「府中の騒ぎをテレビニュースで知ったんだ。何か犯人《ホシ》に関する情報はない？」

「『タントラ原理教』の残党どもの犯行《ヤマ》だろうな。ほんの少し前に、残党グループは政府に小菅にいる桐原をシャバに出せと要求したらしいぜ」

「なんだって⁉」

「要求を呑《の》まなかったら、また大量無差別殺人をやるって予告したそうだよ。政府はパニックを避けたくて、マスコミに報道を控えさせるようだぜ」

「政府は、どうする気なんだろう？」

「全閣僚が首相官邸に集まって、どうするか話し合いをはじめたみてえだな」

「政府は要求を呑まないだろうね」

「多分、突《つ》っ撥《ぱ》ねるだろう。けど、敵もそれで引き下がるとは思えねえな」

百面鬼が言った。

「予告通り、無差別大量殺人をやるのか」

「そうなりゃ、政府は追い詰められるな。といって、数々の凶行を唆《そそのか》してきた桐原明晃を要求通りにシャバに出したんじゃ、法治国家の威信《いしん》が崩れちまう」

「そうだね。政府は桐原を釈放すると見せかけて、犯人グループを一網打尽《いちもうだじん》にする気なんじゃないのかな」

「多分、そうなんだろう。けど、そう簡単に事が運ぶかどうかかな」

「そうだね」

「いずれにしろ、政府は苦境に立たされる。ひょっとしたら、桐原の替え玉を釈放に使う気になるかもしれねえな」

「替え玉か。クラシックな手だが、案外、効果はあるかもしれないな。いまは特殊メイクの技術が発達してるから、ある程度、骨格が似てれば、特殊パテや人工皮膚で本物のそっくりさんを造れるだろう」

「苦肉の策として、まず桐原の替え玉を思いつくだろうな。けど、危険な賭《か》けだ。その小細工を見抜かれたら、犯人どもは逆上するにちがいねえからさ」

「腹いせに、暴虐《ぼうぎゃく》の限りを尽くすだろうね。そうなったら、市民は戦慄《せんりつ》に戦《おのの》き、街は地獄と化す」

「ああ。場合によっては、本庁の特殊チームや自衛隊が実行犯グループと派手なドンパチをやることになるんじゃねえか」

「そうなりそうだな」

見城は短い返事をした。

「市街戦で一般市民が巻き添えを喰《く》ったんじゃ、かわいそうだ。『タントラ原理教』の残党グループを早くやっつけるか」

「百《どう》さん、犯人グループはどうも偽者《にせもの》臭いんだよ」

「つまり、本当の元信徒じゃねえってことか？」

百面鬼が確かめた。

見城は自分の推測を改めて細かく話した。話し終えると、極悪刑事が言った。

「確かに、どの犯行《ヤマ》も手口が素人《しろうと》とは思えねえよな。とんでもねえ巨悪がプロの犯罪者集団を使って、何かやらかそうとしてるのかもしれねえぞ」

「おれは、そんな気がしてならないんだ」

「首謀者が誰であっても、たっぷり銭を寄せられるじゃねえか。見城ちゃん、丸菱物産の田島って常務を予定通り、揺さぶってみろや。何かわかるかもしれねえからさ」

「そうするつもりだったんだ。午後になったら、丸菱物産に行ってみるよ」

見城はフックを押すと、馴染《なじ》みのレストランのナンバーをプッシュし、カツカレーとスパゲッティ・ボンゴレの出前を頼んだ。

長椅子の前に戻り、ふたたびテレビのニュースを観《み》る。だが、新たな情報は得られなかった。

注文した物が届けられたのは正午ごろだった。見城は食事を摂《と》ると、出かける準備に取りかかった。といっても、髭《ひげ》を剃《そ》り、歯磨きをしたにすぎない。タートルネックのセーターの上にカシミヤの黒いジャケットを羽織《はお》って、間もなく部屋を出た。

ウールコートは、車の中に入れっぱなしだった。めったにコートを着ることはなかった。

エレベーターで地下駐車場に下《くだ》り、自分のBMWに乗り込む。

丸菱物産の本社ビルに着いたのは午後一時半過ぎだった。

見城は警視庁の刑事になりすまし、田島との面会を求めた。受付嬢がてきぱきと取り次いでくれた。見城は十六階に上がり、常務室のドアをノックした。すぐに応答があった。

「捜査一課の中村です」

見城は常務室に入ると、平凡な姓を騙《かた》った。両袖机《りょうそでづくえ》から離れた田島が、呟《つぶや》くように言った。

「あなたとは、どこかでお目にかかっているような気がするが……」

「昨夜《ゆうべ》、神田の居酒屋で息子さんと飲んでられましたよね。そのとき、わたしはカウンターにいたんですよ」

「そうでしたか。息子の武寛のことで何か?」

「ええ、まあ」

見城は曖昧《あいまい》に答え、ソファに腰かけた。田島が向き合う位置に坐《すわ》った。

「最初に息子さんのことから、うかがいましょう。武寛さんは『タントラ原理教』の熱心な信徒でしたね？」

「ええ、かつては。しかし、教祖や教団幹部たちが信じがたい凶行を重ねた事実を知って、倅《せがれ》は教団を脱《ぬ》けたんですよ」

「そのようですね。こちらの資料によると、その後なぜだか、ご自宅には戻ってらっしゃらない。それは、どうしてなんです？」

見城は田島を直視した。

「あれだけ世間を騒がせた教団ですから、息子は親許《おやもと》に戻ると、わたしたち家族に迷惑が及ぶと考えたようです。それで、まともな考えを持つ元在家信者のお宅に、一緒に脱会した若者たちと居候《いそうろう》していたんです」

「いまも、そこに？」

「いいえ。岩手《いわて》県の久慈《くじ》市郊外の山の中にある自然農園で八人の仲間と一緒に暮らしているはずです。農園主は早い時期に桐原の教義が矛盾《むじゅん》だらけだということに気づいて、『タントラ原理教』を脱けた方らしいんですよ。その方は、純真な若い信者たちに有機栽培で米や野菜を作りながら、心の傷を癒《いや》さないかと呼びかけてたんだそうです」

「その呼びかけに、息子さんたちは応《こた》えたわけですか」

「そうなんです。ただ、そこは食住付きだそうですが、給料は貰《もら》えないらしいんですよ。それで、わたしは当座の生活費のつもりで武寛に五百万円ほど渡してやりました。いつか倅が社会復帰してくれると信じてますんでね」

田島が言って、長嘆息《ちょうたんそく》した。

「その農園主のお名前は？」

「上寺道夫《かみでらみちお》という方です」

「その方と少し話をしたいんですが、連絡はつきます？」

「ええ、息子から住所と電話番号は教えてもらっていますので」

「電話をしていただけますか？」

見城は頼んだ。

田島が快諾《かいだく》し、ソファから立ち上がった。机に歩み寄り、上着の内ポケットから手帳を取り出して電話をかける。受話器を取ったのは農園主自身らしかった。田島は息子が世話になっていることに丁重《ていちょう》な礼を言い、送話口を手で塞《ふさ》いだ。

「上寺さんです」

「すみません。いま、すぐ……」

見城は腰を浮かせ、田島のそばまで歩いた。

田島が受話器を差し出す。それを受け取り、見城は現職刑事を装《よそお》った。上寺は別段、怪しまなかった。

「上寺さんは初期の信者だったんですね？」

見城は本題に入った。

「そうです」

「幹部の中に、賀来、福留、前北、笠原、三善という男たちがいませんでした？」

「前北と三善という幹部はいました。しかし、もう死んでますよ」

「死んでる⁉」

「ええ。二人とも富士の教団本部で亡くなりました。桐原に厳《きび》しい水中修行を強《し》いられて、溺死《できし》してしまったんです。後の賀来、福留、笠原という名は初めて聞きました」

「そうですか。申し訳ありませんが、田島さんの息子さんに替わっていただけます？」

「わかりました。いま、呼んできます」

会話が途切れた。一分ほど待つと、田島武寛が電話口に出た。

「警視庁の者ですが、二、三、質問させてください」

「はい、どうぞ」

「信者仲間に、賀来と福留という名前の男がいました？」

「いいえ、いません」

「そう。教団の元幹部が十数人、逃亡中だということは知ってるよね？」

「ええ、知ってます」

「そういう連中を匿《かくま》ってる元信者は、たくさんいるの？」

「いまは、ほとんどいないと思います。桐原が公判ですべての罪を弟子たちに押しつけたことで、みんな、教祖がただの俗物だったことを知ったはずですので」

「そうすると、桐原を拘置所から救い出したいと考えてる者は少ないんだろうね」

「ほとんどいないと思います」

「ありがとう」

見城は受話器をフックに戻し、田島の前に坐った。

「武寛が、まさか何かの事件に関わっているのではないでしょう？」

「その疑いは晴れました。ところで、あなたは政治家への闇《やみ》献金を扱ってますね」

「闇献金などしてませんよ、当社は」

田島が狼狽《ろうばい》気味に答えた。

「わたしは捜査一課の人間です。闇献金のことで、ここに来たわけではありません。正直に話していただきたいな」

「…………」

「大企業が政治家に闇献金を渡してることは、もはや公然の秘密です。民自党の月村議員の女性秘書に渡した五億円は、三人組の男に強奪されたんですね？」

「な、なぜ、あなたがそれを知っているんです⁉」

「その強奪シーンをビデオカメラに収めたと思われるTVカメラマンと相棒の女性報道部記者が殺害されたんですよ。東都テレビの栗林道と雨宮深雪の二人です」

「その二人のことは、マスコミ報道で知っています」

「五億円を横奪《ど》りされましたね？」

「は、はい」

「秘書の水谷華代さんは、犯人の特徴をどう言ってました？」

「法衣のような奇妙な服を着ていたと言ってましたよ」

「実はわたし、そのビデオテープを観《み》たんです。三人の犯人の服は、『タントラ原理教』の法衣と酷似《こくじ》してました」

　見城は言った。

「わたしが息子に闇献金のことを教えて、強奪を唆《そそのか》したとでも……」

「最初は、そんな疑いも持ちました。しかし、いまはそう考えていません。強奪犯たちは、あなたと息子さんが共謀して犯行に及んだと見せかけたかったんでしょう」

「だ、誰がそんなことを……」

田島が目を剝《む》いた。

「あなたが闇献金の責任者で、息子さんがかつて『タントラ原理教』の信者であったことを知っている人物が強奪犯グループと繫《つな》がってるんでしょう。思い当たる人物は？」

「わたしたち父子のことを知っている人間は、たくさんいます。何十人という社員が知ってますし、社外の方たちも何人か……」

「月村議員や女性秘書も、息子さんのことを知ってました？」

「ええ、ご存じのはずです。秘書の水谷さんに一度、息子のことでこぼしましたんでね。月村先生は、おそらく彼女から息子のことを聞いていると思いますよ」

「月村議員が闇献金の二重取りを企《たくら》んだとは考えられませんか？」

見城は単刀直入に訊《き》いた。

「大物国会議員がそんな汚いことをするとは、とても考えられません」

「私的なことで、急にまとまった金が必要になったということも考えられると思うんですがね」

「そうだったとしても、いくら何でも……」

「闇献金を強奪されたのは、それだけですか？」

「実は二度目なんです。去年の春に、やはり月村先生に届けることになっていた三億円を強奪されました。そのときは、男性秘書の方がチンピラのような二人組に襲われたんですよ」

「二度も、同じことがあったのか。それも、受け取る側は同じ月村議員だった。そうなってくると、月村氏を疑いたくなるのが自然でしょう」

「ええ、まあ」

田島は曖昧《あいまい》に答えた。

「議員秘書の水谷華代さんは、なかなかの美人ですね。ビデオで観たとき、一瞬、女優かと思いましたよ」

「ええ、確かに美しい方ですね」

「独身なのかな？」

「ええ、そのはずです」

「月村議員と水谷華代さんは特別な間柄なんでしょうか？」

「さあ、そういうことはわかりません」

「そうですか。田島さん父子を陥《おとしい》れようとしたと考えられそうな人物を洗ってみましょう。どうもお邪魔しました」

見城は腰を浮かせ、常務室を出た。

2

丸菱物産本社ビルの駐車場を出たときだった。

見城は、情事代行の上客の中に元国会議員秘書がいたことを思い出した。白坂朋子《しらさかともこ》という名で、二十九歳だった。

朋子は去年の夏まで、民自党の長老の秘書兼愛人を務《つと》めていた。パトロンだった長老は昨年の七月に他界した。

朋子は長老が健在のとき、店舗ビルと一軒家を貰《もら》っていた。いま彼女は、家賃収入で優雅に暮らしている。自宅は大田区の中馬込《なかまごめ》にあった。

見城は車をガードレールに寄せた。朋子の自宅に電話をかけると、スリーコールで先方の受話器が外れた。

「おれだよ」

「あらーっ、見城さん！　あなた、わたしの心が読めるようね」

朋子が、はしゃぎ声で言った。

「え？」

「今夜、あなたに電話しようと思ってたのよ」

「そう。実は、きみに訊きたいことがあるんだ。きみは、月村議員の秘書をしてる水谷華代のことを知ってる？」

「知ってるわよ。見城さん、水谷さんを口説《くど》こうと思ってるんでしょ？」

「仕事だよ、調査のほうの。水谷華代について、知ってることをすべて教えてほしいんだ」

「彼女、何をやったの？」

「そいつは、ちょっと言えない」

「職業上の秘密ってわけね？」

「ま、そういうことだな」

「いいわよ、教えてあげる。いま、どこにいるの？」

「丸の内だよ」

「それなら、こっちにいらっしゃいよ」

「オーケー。これから、すぐ行く」

見城は電話を切り、ふたたびＢＭＷを走らせはじめた。

日比谷通りを進み、芝公園の横から桜田《さくらだ》通りに入る。そのまま直進し、しばらく第二京《けい》浜《ひん》国道を走った。

新幹線の高架線路の二百メートルほど手前で、右折する。中馬込の住宅街だ。

白坂朋子の自宅は、緩《ゆる》やかな坂道の途中にある。

敷地は八十坪前後で、奥まった所に南欧風の洒落《しゃれ》た二階家が建っている。見城は朋子のパトロンが生きているときから、その家にこっそり通っていた。

七十九歳で死んだ長老は、年に一、二度しか男の機能が働かなかったらしい。そんなことで、朋子は見城のサイドビジネスの客になったのだ。

百数十メートル進むと、左手に朋子の自宅が見えてきた。

だが、見城は家の前ではＢＭＷを停めなかった。坂の上まで進み、朋子の家から少し離れた場所に車を駐《と》める。明るいうちに情事代行の客の家を訪ねるときは、いつもそうしていた。

見城は車を降りると、ゆっくりと坂道を下《くだ》った。

朋子の家の前に立ち、インターフォンのボタンを押す。ややあって、朋子の声で応答があった。

「見城です。例の見積書をお持ちしました」

「ご苦労さま。どうぞお入りになって」

「それでは、失礼します」

見城は門扉《もんぴ》を押し、煉瓦《れんが》敷きのアプローチを進んだ。庭の西洋芝は、きれいに刈り揃えられている。

ポーチの石段を上がりきると、玄関のドアが開けられた。藤色《ふじいろ》のニットドレスを着た朋子が、にこやかに言った。

「いらっしゃい。会いたかったわ。一カ月半ぶりよね？」

「そのぐらいだな。また、きれいになったね」

見城は玄関に入った。

ドアを後ろ手に閉めると、朋子が抱きついてきた。すぐに見城は唇を封じられた。嚙《か》みつくようなキスだった。

朋子は喉《のど》を鳴らしながら、見城の舌を強く吸った。見城は熱く応えた。

濃厚なくちづけが終わると、朋子が紗《しゃ》のかかったような瞳《ひとみ》で言った。

「お話は後にして。あなたの顔を見たら、すぐしたくなっちゃったの。だって、一カ月半も男っ気がなかったんだもん」

「リクエストに応えましょう」

見城は靴を脱ぎ、朋子と二階に上がった。

寝室は左手の奥にある。窓は遮光《しゃこう》カーテンで閉《と》ざされ、スモールライトだけが点《つ》いていた。室内は暖房が効き、汗ばむほどだった。

朋子がダブルベッドの横に立ち、ニットドレスをせっかちに脱いだ。下には何もまとっていなかった。裸身は熟《う》れていた。乳房は椀《わん》型だった。恥毛はハートの形に整えられている。クリトリスにゴールドの小さなリングが嵌《は》めてあった。

「そのリングは？」

見城は訊いた。

「女性しか入れないセックスグッズのお店で買ったの。お友達と一緒にね」

「パートナーの男がリングに小指を引っかけて、動かすわけか」

「そうよ。お友達がご主人と試《ため》したら、とっても痛《いた》気持ちよかったらしいの。だから、わたしも試してみたくなったのよ」

「そいつは、両側から挟んでるだけなんだろう？」

「自分の目で確かめてみて」

朋子がこころもち両足を開き、自分で飾り毛を掻《か》き上げた。合わせ目が露《あらわ》になる。

見城は朋子の前にひざまずき、その部分を覗《のぞ》き込んだ。金色に輝くリングは、陰核《クリトリス》の中まで通っていた。

「驚いたな。敏感な場所だから、穴を開けるとき、猛烈に痛かったろう？」

「それが、それほどでもなかったの。耳朶《みみたぶ》にピアスの穴を開けるときよりは、ちょっぴり痛かったけどね」

「いきなり針《ニードル》で、ブスリとやったの？」

「ええ、そう。でも、付属品の針《ニードル》には痺《しび》れ薬が塗布《とふ》されてたのよ。だから、思ってたほど痛みは強くなかったの」

「それにしても、大胆なことをやるもんだ」

「ね、リングを動かしてみて」

朋子がせがんだ。

見城は言われるままにリングに右手の小指を引っ掛け、ゆっくりと上に持ち上げてみた。そのとたん、朋子がなまめかしい呻《うめ》きを洩《も》らした。

見城はリングを上下左右に動かしはじめた。朋子が見城の両肩に手を掛け、切れ切れに喘《あえ》いだ。

「強烈な刺激を求めはじめると、際限《さいげん》なくエスカレートするよ」

見城は言いながら、左手の指で肥大した二枚の花弁を擦《こす》り合わせはじめた。それは、早くも濡《ぬ》れそぼっていた。

二分ほど過ぎると、朋子は不意に昇りつめた。両腕で見城の頭を抱《かか》え、息《いき》むような唸《うな》り声を放った。内腿《うちもも》には、漣《さざなみ》のような震えが走っている。

見城は左手の指を朋子のはざまの奥に潜《くぐ》らせた。圧迫感が強い。

指を鉤《かぎ》の形に折り、秘めやかな襞《ひだ》をこそぐる。折り曲げた指をスクリューのように回転させると、朋子は泣き声に似た声を間歇《かんけつ》的にあげはじめた。

見城はベッドに上がり、朋子の腰を抱いた。先端で濡れた亀裂《きれつ》を何度か擦り立て、体を繋いだ。朋子が呻いて、大きく背を反《そ》らせる。

見城は右手の指をゴールドのリングに絡《から》ませた。

左手で、二つの乳房を交互に揉《も》んだ。両腕を巧《たく》みに使いながら、抽送《ちゆうそう》しはじめる。見城は六、七回浅く突き、一気に奥まで押し入った。そのリズムパターンを繰り返す。

やがて、朋子はエクスタシーを迎えた。

ほとんど同時に、見城は搾《しぼ》られはじめた。内奥《ないおう》は規則正しいビートを刻んでいる。快感の証《あかし》だ。

見城は休み休み動きつづけた。

数分後、朋子はまたもや極みに達した。それに合わせて、見城は放った。射精感は鋭かった。ほんの一瞬だったが、頭の芯《しん》が白く霞《かす》んだ。

二人が体を離したのは十数分後だった。

見城は寝室の隅《すみ》にあるシャワールームに入り、ボディーソープで体をざっと洗った。寝室で衣服をまといはじめたとき、ベッドの朋子が言った。

「わたし、シャワーは浴びないことにするわ。だって、あなたの匂《にお》いを消したくないもの」

「殺し文句だな」

「悪いけど、階下《した》の応接間で待っててくれる？　パンティーを穿《は》くとこをあなたに見られたくないの。シークレットゾーンを見られるより、ずっと恥ずかしいから」

「わかったよ」

見城は上着を手にして、すぐに寝室を出た。階下に降り、玄関ホールの横にある応接間に入る。ガス温風ヒーターで、室内はほどよく暖められていた。十五、六畳の広さだ。ソファセットや調度品は、どれも安物ではなかった。

見城はイタリア製らしい深々としたソファにゆったりと腰かけ、紫煙をくゆらせはじめた。情事の後の一服は、いつも格別にうまい。

煙草を消しかけているとき、藤色のニットドレスに身を包んだ朋子が入ってきた。ルージュは引き直されていた。真紅だった。

「お酒がいい？　それとも、コーヒーにする？」

「どちらもいらないよ。坐ってくれないか」

見城は急《せ》かした。

朋子がうなずき、目の前のソファに腰かけた。

「水谷華代は、月村議員とは他人じゃないんだろう？」

「ええ、彼女は何人かいる愛人のひとりだったはずよ。でも、いまはもう男女の関係じゃないと思うわ。月村先生は飽《あ》きっぽいの」

「要するに、華代は棄《す》てられたってわけか」

「そういうことになるわね。考えてみれば、水谷さんも気の毒なの。彼女、月村先生にうまいこと言われたんで、体を張って別の派閥の小ボスたちから情報を集めてたみたいなのよ」

「月村にさんざん利用されて、お払い箱にされたのか」

「そうなのよ」

「そんな仕打ちをされながら、なぜ華代は月村の秘書をやめなかったんだろうか」

見城は小首を傾《かし》げた。

「何か仕返しをする気なんじゃないかな。水谷さんは、勝ち気な性格だから」

「どんな仕返しをする気なのか」

「具体的なことまでは想像つかないけど、きっと何か復讐《ふくしゅう》するにちがいないわ。秘書は政治家の裏の裏まで知ってるから、その気になれば、恐喝《きょうかつ》もできるしね」

朋子が、にっと笑った。凄《すご》みのある笑みだった。死んだパトロンを脅《おど》して、店舗ビルと自宅を買わせたのかもしれない。

水谷華代は月村に利用されたことに腹を立て、五億円の裏献金を横奪りしたのだろうか。それとも、月村が二重取りをしたのか。

見城は朋子に謝意を表して、そのまま辞去した。マイカーに乗り込み、車内に積んである『国会便覧』を開く。月村議員の事務所は千代田区平河町《ひらかわちょう》にあった。自宅の所在地は市谷《いちがや》だった。水谷華代の自宅も苦もなく突きとめることができるだろう。

見城は松丸の携帯電話を鳴らした。ツーコールで、電話が繋がった。

「松《まつ》ちゃん、仕事がびっしり詰まってるのか？」

「きょうの仕事は五時ごろまでに片づける予定っすけど」

「だったら、その後、三カ所に盗聴器を仕掛けてもらいたいんだ」

「いいっすよ」

「それじゃ、午後五時半ごろ、おれの所に来てくれないか」

「了解！」

松丸が電話を切った。

見城は車を発進させた。いったん帰宅するつもりだった。

3

料亭から黒塗りのセンチュリーが走り出てきた。

月村の車だ。午後十時半である。

料亭は紀尾井町《きおいちょう》にあった。平河町の事務所の電話外線に盗聴器を取り付けてもらった直後に、月村は姿を見せた。

見城は松丸に残りの二カ所に盗聴器を仕掛けてくれと頼み、月村を乗せたセンチュリーを尾行しはじめた。

月村は日比谷のホテルで開かれたパーティーに出席した後《あと》、料亭の中に消えた。水谷華代は一緒ではなかった。センチュリーには、月村のほかに二人の男性秘書が乗っていた。

ステアリングを操《あやつ》っているのは、若いほうの秘書だった。

二人も秘書を連れているのでは、今夜は愛人宅には行かないだろう。

見城は運転しながら、そう思った。

勘は正しかった。センチュリーは市谷方面に向かった。

やがて、月村の車は閑静《かんせい》な高級住宅街に入った。ほどなくセンチュリーは、宏大《こうだい》な邸宅の中に吸い込まれた。月村邸だった。邸《やしき》の少し先に、松丸のワンボックスカーが見える。

見城はＢＭＷを松丸の車の近くに停めた。

そのとき、松丸がワンボックスカーを降りた。見城はリア・ドアのロックを解いた。

「外は寒いっすね」

松丸が首を縮めながら、後部座席に乗り込んできた。

「自宅に帰ったと思ったよ」

「早く部屋に戻っても、退屈っすから。少し前に水谷華代のマンションの配管のヒューズの中にブラックボックスを仕掛けて、ここに戻ってきたんす」

「そうか。華代の部屋に電灯は点《つ》いてた？」

「点いてなかったすね」

「そう。月村は、今夜は外出しないだろう。松ちゃん、もう帰っていいよ。おれは、華代のマンションに行ってみる。議員秘書の自宅は代々木上原《よよぎうえはら》にあるんだ。知り合いの名簿屋に協力してもらって住所を聞きだしたんだよ」

「そうっすか。なら、おれは引き揚《あ》げます」

「これ、取っといてくれ」

見城は剝《む》き出しの一万円札を二十枚重ね、松丸に差し出した。

「何っすか、その金？」

「盗聴器を三個取り付けてくれた礼だ」

「多いっすよ。どうせ盗聴器は後で取り外すんすから、何も金なんかかかってないんす」

「手間賃だよ」

「水臭いっすよ、そんなの」

「いろいろ松ちゃんには手助けしてもらってるからな。その分も入ってるんだ」

「だとしても、多すぎるっすよ」

「いいから、取っといてくれ」

「なんか悪いっすね。それじゃ、一応、預かっときます」

松丸が二十枚の紙幣を押しいただき、レザーブルゾンの内ポケットに入れた。それから彼は、右ポケットから自動録音付きの小型受信機を取り出した。

「こいつで、どこの盗聴器の音声もキャッチできますから。周波数も合わせてあります」

「何から何まで悪いな。サンキュー！」

見城は礼を言った。

松丸が少し照れて、車を降りた。自分のワンボックスカーに駆け寄り、すぐに走り去った。見城はレシーバーを耳に当てた。

その数秒後、携帯電話が着信音を響かせはじめた。発信者は百面鬼だった。

「桐原の釈放の件だが、やっぱり政府は替え玉を使う気になったぜ」

「確かな情報なの？」

「ああ、間違いねえよ。警察庁の超エリートから探《さぐ》り出した情報なんだ」

「で、誰を桐原の替え玉にするんだって？」

見城は訊いた。

「本庁の機動隊員の中に、桐原と顔立ちと体型がよく似た野郎がいたんだってよ。そいつの面《つら》を何とかかって有名な特殊メイクの専門家にいじらせて、桐原と瓜《うり》二つに仕立てようってわけさ。もちろん、ウィッグと付け髭《ひげ》も使ってな」

「で、桐原のそっくりさんをいつ釈放することになったの？」

「明朝の五時だってさ。薄暗いほうが、政府にとっちゃ好都合だからな」

「そうだろうね。東京拘置所の刑務官に化けた本庁の『S・A・T《スペシャル・アサルト・チーム》』隊員たちが、桐原を迎えに来た奴らを押さえようって筋書きなんだろうな」

「ああ、そうらしい。迎えに来る奴は、見城ちゃんが言ってた偽の教団元幹部だろう」

「おそらくね」

「明日の朝、おれ、東京拘置所の近くで張り込んでみらあ。うまくすりゃ、正体不明のテロリスト集団のアジトを突きとめられるからな」

百面鬼が言った。

「頼むね、百《どう》さん！」

「ああ。見城ちゃん、いま何してんだい？」

「月村の自宅のそばで張り込んでるんだ」

見城は経緯《いきさつ》を簡潔に話した。

「もう月村は外出しねえだろうし、危《ヤバ》い電話は自宅にゃかかってこないんじゃねえの？　いっそ水谷華代とかいう女秘書を少し締め上げてみなよ」

「もう少し経《た》ったら、そうするつもりだったんだ」

「そうか。とりあえず、そういうことだから……」

「百《どう》さん、今夜はどこに泊まる予定？」

「おれが新しい女んとこに泊まるんじゃねえかと心配なんだな。大丈夫だよ。寝坊しねえよう、今夜は小菅《こすげ》の近くのビジネスホテルにでも泊まらあ。それじゃ！」

百面鬼が電話を切った。

見城は、十五分ほど時間を遣《や》り過ごした。だが、月村議員の自宅に一本も電話はなかった。見城はレシーバーを外し、小型受信機をグローブボックスに仕舞《しま》った。

車を発進させ、四谷《よつや》三丁目に出る。ＢＭＷは大京町《だいきょうちょう》の裏通りから千駄ヶ谷《せんだや》を抜け、原宿《はらじゅく》駅の前から井の頭通りに入った。

やがて、代々木上原に着いた。

水谷華代の住むマンションは、小田急《おだきゅう》線の駅の向こう側にあった。十一階建てのマンションだった。

見城はマンションの近くの路上にＢＭＷを駐《と》め、そっと外に出た。

教えられた部屋は七〇一号室だった。七階のどちらかの端の部屋だろう。見城は、七階の両端の部屋を見た。どちらも電灯が点いている。

どうやら水谷華代は帰宅しているようだ。

見城はマンションのエントランスに回った。出入口はオートロック式になっていた。勝手には、マンションの中に入れない。

見城は地下駐車場の出入口を見た。

思った通り、オートシャッターになっていた。入居者が遠隔操作で、シャッターを上げ下げする。だが、侵入する方法はあった。

出入口の近くに身を潜《ひそ》めていて、入居者の車がガレージに入るときに忍び込めばいい。シャッターが閉まるときに、小石を噛《か》ませる手もある。そうすれば、シャッターは開閉を繰り返す。ただし、ブザーが鳴ってしまう。前者の侵入方法のほうが安全は安全だ。

見城はそう判断し、地下ガレージのスロープのそばの植え込みの陰に隠れた。六、七分待つと、入居者の車がシャッターの前に停まった。薄茶のボルボだった。

ドライバーは、三十代後半の男だろう。シャッターが巻き上げられはじめた。ボルボがゆっくりとスロープを下っていく。

すぐに動くと、ドライバーに見つかる恐れがある。といって、もたついていたら、目の前でシャッターが閉じてしまう。見城はタイミングを計《はか》ってから、地下駐車場に忍び込んだ。中腰でスロープを駆け降り、コンクリートの太い支柱の陰に隠れる。

ボルボの男が見城に気づいた様子はなかった。もし見咎《みとが》められたら、うまくごまかすつもりだ。男は車から降りると、エレベーターホールに大股《おおまた》で向かった。

見城は少し待ってから、支柱の陰から出た。

七〇一号室のカースペースに目をやると、白いアウディが収まっていた。華代の車だろう。アウディを見て、妙案が閃《ひらめ》いた。

見城はエレベーター乗り場に急いだ。

七階に上がる。七〇一号室は左の端だった。見城は部屋の前に立ち、インターフォンを鳴らした。

待つほどもなく、スピーカーから女の声が流れてきた。

「どちらさまでしょう？」

「五階に住んでいる者です。白いアウディは、水谷さんのお宅の車ですよね？」

「ええ、そうです」

「実は大変申し訳ないことをしてしまいました。うっかりして、アウディに接触してしまったんですよ。左のドアを少しへこませ、ドアミラーも壊してしまいました」

「あらーっ」

「こちらが全面的に悪いわけですから、きれいに修理させます。一応、破損箇所を見ていただきたいのですが……」

「わかりました。いま、行きます」

「本当に申し訳ありません」

見城は言いつつ、ドアのノブのある側に移動した。

ドアが開けられた。見城は玄関に躍《おど》り込み、水谷華代に当て身を見舞った。華代が呻《うめ》いて、その場に頽《くずお》れる。

見城は耳に神経を集めた。誰もいないようだ。室内はひっそりとしている。

シリンダー錠を横に倒し、見城は素早く靴を脱いだ。ぐったりとしている華代を肩に担《かつ》ぎ上げ、奥に進む。

やはり、無人だった。

広いLDKの右手に、寝室があった。見城は華代をダブルベッドの上に寝かせ、手早く衣服を剝《は》いだ。パンティーだけは脱がさなかった。数分後、華代が息を吹き返した。見城を見て、彼女は大声をあげそうになった。

見城は慌《あわ》てて華代の口を押さえた。

「騒がなきゃ、乱暴なことはしない。おれは強盗でも暴行魔でもないんだ。そっちに訊きたいことがあるだけなんだよ」

「…………」

華代が何か言った。だが、そのくぐもり声は聞き取れなかった。

「大声を出したら、手荒なことをしなけりゃならなくなる。わかったな？」

見城は手を放した。華代が肺に溜《た》まっていた空気を吐《は》き、気丈に言った。

「誰なのっ」

「大声を出すなと言ったはずだ。質問に素直に答えてくれりゃ、じきに帰るよ」

「なぜ、裸にしたのよっ。わたしをレイプするつもりだったんでしょ！」

「勘違いするな。パンティーだけにしたのは、そっちに逃げられちゃ困るからだ。ただ、それだけさ」

「わたし、逃げないわ。だから、服を着させて」

「もう少し我慢してくれ。裸を見られたくないんだったら、寝具の中に入ってもいいよ」

見城は言った。

華代が短く考えてから、ベッドカバーを体に巻きつけた。

「丸菱物産の田島常務があんたに渡した五億円の闇献金を強奪した三人組は、仲間なのか？」

「なんの話をしてるの⁉」

「無駄な遣《や》り取りは省《はぶ》こう。おれは、強奪のシーンを隠し撮りした映像を観《み》てるんだ。そっちは三人組のひとりに刃物を首筋に押し当てられ、車のトランクルームを開けた。男たちはトランクの中にあった段ボールを自分らの車に積み替え、あたふたと逃げ去った」

「あなたは何者なの？」

「おれに関心を持たないほうがいいな」

「でも……」

「そっちは、あの三人組とグルなんじゃないのかっ」

見城は華代を睨《にら》みつけ、上着のポケットに忍ばせたＩＣレコーダーの録音スイッチを入れた。

華代は黙ったままだった。

「そっちは月村の愛人のひとりだった。しかし、お払い箱にされてしまった。それで腹いせに、五億円の闇献金を横奪りする気になった。そうなんだろっ」

「わたし、横奪りなんかしてないわ。確かに月村先生とは愛人関係じゃなくなったけど、わたしはまだ先生が好きなの。いつか先生が、また、わたしの方に目を向けてくれると信じてるから……」

「闇献金なんか、かっぱらわなかった？」

「ええ」

「それじゃ、月村が闇献金の二重取りをしたのか？」

見城は声を高めた。

「先生がそんなことをするわけないわ」

「いや、月村なら、やりかねないな。月村は以前も、丸菱物産から三億円の闇献金を二回貰ってる。若いやくざ風の男たちに、最初の金を横奪りされたと言ってな」

「そんなことまで知ってるの⁉」

「どうなんだっ。月村が二重取りしたのか。それとも、そっちがやったのか？」

「わたしじゃないわ」

「なら、月村なんだなっ」

「それは……」

華代が口ごもった。

見城は華代の体からベッドカバーを引き剝《は》がした。

「な、何するのよっ」

「パンティーを脱いで、仰向《あおむ》けになれ」

「約束が違うじゃないの！　さっきはレイプはしないって言ってたでしょうが」

華代が立てた両膝を抱えた。乳房が隠れた。

「犯しはしない。ただ、局部に画鋲《がびょう》を突っ込む」

「嘘《うそ》でしょ⁉」

「本気だ。それでも事実を喋《しゃべ》らなきゃ、画鋲の次にカッターナイフの刃を突っ込むことになるな」

見城は言って、上着のポケットに手を入れた。画鋲もカッターナイフも持っていなかった。ただの脅しだ。

「やめて、そんなことは」

「早くパンティーを脱げ！　もたもたしてると、乳首に画鋲を突き刺すぞ」

「先生よ、月村先生が二重取りしたの」

華代が震え声で言った。

「なぜ、月村は二度も闇献金の二重取りをした？」

「先生は、『タントラ原理教』のスポンサーだったのよ。桐原が逮捕される前後に逃亡した教団元幹部たちに、いまもこっそり逃亡資金と教団の再建資金を渡してるの。わたしを襲った三人の男は元信者たちよ」

「そっちは月村の計画を知ってて、協力したわけか？」

「いいことじゃないのはわかってたけど、いまも愛してる月村先生に見て見ぬ振りをしてくれって頭を下げられたので、断りきれなかったの」

「話の筋は一応、通ってるな。しかし、合点《がてん》のいかないところがある。なぜ、月村はそっちの車を襲撃させたんだ？　たとえ闇献金を強奪されても、警察には被害届は出せない。だから、そこまで芝居を打つ必要はないはずだ」

「それは丸菱物産を納得させるため、わざわざ狂言を演じさせたんだと思うわ。現にその翌日、わたしは田島常務に襲われたときのことを詳しく訊かれたの」

「月村は、田島の息子が『タントラ原理教』にいたことを知ってたんだろう？」

「えっ、そうなの⁉　その話は初めて聞くわ。月村先生も知らないんじゃないかしら？」

「田島は、そっちに息子のことでぼやいたことがあるとはっきり言ってた。田島の口ぶりじゃ、月村も息子のことを知ってるような感じだったな」

見城は言った。

「田島常務の話は、でたらめよ。月村先生はどうかわからないけど、わたしは田島常務の息子さんが『タントラ原理教』にいたなんて、まったく知らなかったわ」

「まあ、いい。月村をここに呼んでもらおう」

「無理よ。先生はスケジュールがびっしり詰まっているし、いまのわたしが頼んでも、絶対に来てくれないわ」

「とにかく、月村に電話をしろ」

「わかったわよ」

華代はサイドテーブルからコードレス電話を摑み上げ、タッチコール・ボタンを押しはじめた。

見城は電話機に耳を近づけた。ややあって、先方の受話器が外れた。電話口に出たのは、お手伝いの女性らしかった。

華代が名乗って、月村に取り次いでほしいと頼んだ。

相手が電話を保留にした。だが、月村は電話口に出ようとしなかった。お手伝いらしい女性が、月村は入浴中だと言い訳をした。

「やっぱり、駄目だったでしょ？」

華代が電話を切って、淋《さび》しげに笑った。

「いま月村が夢中になってる女は、どこの誰なんだ？」

「銀座《ぎんざ》の高級クラブのナンバーワン・ホステスに熱を上げてるわ。立花桃子《たちばなももこ》とかいう女よ」

「店の名は？」

「八丁目の『シャンゼリゼ』よ」

「おれのことは誰にも話すな。それから、そっちが嘘《うそ》をついてたら、痛い目に遭《あ》うぞ」

見城は言い捨て、寝室を出た。

4

枕許《まくらもと》で電話が鳴った。

眠りを破られた。だが、すぐには瞼《まぶた》を開けられない。

見城は手探《てさぐ》りでホームテレフォンの子機を摑み上げた。

「替え玉が射殺されたぜ」

百面鬼が開口一番に言った。

見城は反射的に跳《は》ね起きた。腕時計は午前五時三十六分を指《さ》している。

「どこで？　どこで、桐原の替え玉は撃たれたの？」

「東京拘置所を出た所だよ。ボルトアクションのライフルで、頭をぶち抜かれたんだ。桐原に化けたＳＡＴ《サット》の隊員は車の後部座席にいたんだよ。まだ三十二だったって話だな」

「で、百《どう》さんは狙撃《そげき》犯を追ったんだね」

「いや、犯人《ホシ》は刑務官になりすましてた特殊部隊のメンバーに太腿を撃たれて取り押さえられた」

「犯人《ホシ》は口を割ったのかな？」

「いや、まだだ。てめえが『タントラ原理教』の元信者だったこと、そして替え玉だってことに気づいたと喋《しゃべ》っただけで、名前も言おうとしねえらしいよ」

百面鬼が答えた。

「そう」

「ただ、その野郎は月村澄夫事務所名義の車に乗ってたんだよ。それから、犯人《ホシ》は月村の自宅の電話番号を書いた紙切れを持ってたそうだ」

「やっぱり、月村が背後にいたのか」

「見城ちゃん、そいつはどういうことなんでえ?」

「昨夜《ゆうべ》、水谷華代の口を割らせたんだよ」

見城は詳しい話をした。

「女秘書の話を鵜呑《うの》みにしねえほうがいいんじゃねえのか」

「もちろん、華代の話をすんなりと信じたわけじゃないよ。あの女が自分の罪を月村になすりつけようとしてるのかもしれないからね」

「ああ、考えられるな」

「話を元に戻すが、桐原を迎えに来たのは捕《つか》まった奴だけだったの?」

「東京拘置所の周辺には、仲間らしい影はなかったらしい。おそらく、どこかに潜《ひそ》んでたんだろうな。替え玉を射殺した野郎が失敗踏《ドジ》んだんで、仲間はひとまず逃《フケ》げたんじゃねえか」

「そうなんだろうか。それにしても、狙撃犯はよく車に乗ってるのが桐原の替え玉だと見抜いたな」

「本当の元信者なら、すぐに替え玉だって見破るんじゃねえのか?」

「しかし、外はまだ暗かったんだ。ひょっとしたら、警察か拘置所の人間が犯人グループに抱き込まれたのかもしれないね」

「そいつはあり得るな。警察官も刑務官もリッチじゃねえから、金の誘惑には割に弱い。それから、女にもな」

「それは自分のことなんじゃないの?」

「おれだけじゃねえさ。たいていの野郎は、金と女に弱い」

百面鬼が、むきになって言った。

「確かに、そういう傾向はあるね。犯人側が警察か拘置所の人間を抱き込んだとしたら、首謀者はかなり力を持ってる奴にちがいない」

「そうだろうな。そう考えると、やっぱり民自党の月村澄夫が臭《くせ》えか」

「月村が黒幕だとしたら、ちょっとお粗末だな。自分の事務所の車を使わせるなんて、自殺行為じゃないか」

「そうだな」

「狙撃犯が乗ってた車は、月村の事務所から盗《ギ》ったと考えたほうが自然だろうね」

「ああ、おそらく盗難車を使ったんだろうな。となると、誰かが月村に罪をおっ被《かぶ》せようとしたってことになってくるわけだ」

「その線が濃そうだね。水谷華代の後ろに誰かいそうだな」

見城は言った。

「思い当たる人物はいねえの？」

「まったく思い当たらないな」

「まさか女秘書と丸菱物産の田島常務が裏で繋がってたなんてことはねえだろうな？」

「おれもそれを疑ったことがあるんだが、調査の感触だと、あの二人はつるんでなさそうだね」

「そうかい。見城ちゃん、もう一度、水谷華代って秘書を締め上げてみなよ。今度は言葉でビビらせるんじゃなくて、いつもの甘い拷問でさ」

「そうするか」

「ついでに、月村も少し揺さぶってみなよ。一連の事件にゃ絡《から》んでないとしても、何か手がかりが摑めるかもしれねえからさ。それに、月村が丸菱物産から闇献金を受け取ってることは事実なんだ。それも二回も億単位で二重取りしたようなんだろ？」

「そう」

「ちょいと脅かしゃ、小遣い稼《かせ》げるだろうよ。そっちのほうは、おれが引き受けてもいいぜ」

百面鬼が言った。

「おれが見つけた獲物を横から引っさらう気か」

「そうじゃねえよ。おれは、見城ちゃんの下働きをやってもいいと言ってるじゃねえか。ただし、分け前は五分《ご》五分《ぶ》ってことでどうだい？」

「それで、下働きだって？　百《どう》さん、欲が深いよ」

「そうかね」

「月村の埃《ほこり》は、おれがはたくよ」

「けっ、儲《もう》け損《そこ》なっちまったか」

「あんまり欲をかくなって。いつも充分すぎるほどの分け前をやってるじゃないか」

「そのことでは、内心、そっちに感謝してんだ。けどよ、おれは見城ちゃんみてえにルックスで勝負できねえから、札びら切らねえと、女どもが寄りつかねえんだよ」

「いつもの泣きが入ったな。しかし、丸々と太った獲物は誰にも渡さない」

「強欲！　エゴイスト！」

「何とでも言ってくれ」

見城は笑いながら、そう言った。

「おれは、見城ちゃんのことを親友《マブダチ》だと思ってんだぜ。そんなに冷たくしちゃって、いいのかよ。月村から小遣いせしめたら、おれに二、三百万恵んでくれや」

「いつもの調子で、新しい女に指輪でも買ってやるなんて言ったようだね？」

「実は、そうなんだよ。今度の女は最高なんだ。そういう女だからさ、指輪の一つもプレゼントしてやりてえんだよ。見城ちゃん、よろしく頼まあ」

百面鬼が必死に訴えた。

「ランパブのお姐《ねえ》ちゃんとは、きれいな別れ方をしなよ。月村から幾《いく》らかまとまった銭を寄せられたら、百《どう》さんに二、三百はくれてやるからさ」

「ほんとかい⁉　やっぱり、見城ちゃんは漢《おとこ》だな」

「相変わらず、調子がいいな。それじゃ、また！」

見城は電話を切った。

すっかり眠気は殺《そ》がれてしまった。見城は寝室を出て、洗面所に足を向けた。

部屋を出たのは六時五分ごろだった。

エレベーターで地下駐車場に降りると、ＢＭＷの車台下《シャーシ》に若い男が潜《もぐ》り込んでいた。仰《あお》向《む》けだった。

見城は抜き足で自分の車に近づき、男の両足首を摑んで引きずり出した。

男は大型のニッパーとスパナを握っていた。法衣姿ではなかった。厚手のセーターの上に、ボマージャケットを重ねている。二十二、三歳だろうか。

「おい、何をしてた？」

「ただ、車を見せてもらってただけだよ」

「車を見るのに、ニッパーとスパナが必要なのかっ。ふざけんな！」

見城は、男を摑《つか》み起こした。

男が右手に持ったスパナを振り被《かぶ》った。見城は左の鉤《かぎ》突《づ》きを男の頰に叩《たた》き込んだ。相手の筋肉と骨が鈍《にぶ》く鳴った。見城は薄く笑った。

男が横に転がった。

見城は無言で相手の顎《あご》を蹴《け》り上げた。男が仰向けに引っくり返った。スパナとニッパーがコンクリートの床に落ちる。

「ブレーキオイルを抜く気だったんだなっ」

「ち、違うよ。さっきも言ったけど、おれは車を見せてもらってただけだって」

「なめるなっ」

見城は声を荒らげた。すると、男が気圧《けお》されたように目を伏せた。

「『タントラ原理教』の元信者だな？」

「そんなんじゃないよ、おれ。ただ、頼まれたんだ。知らない男に呼びとめられて、あんたの車にちょっと細工をしてくれってな。でも、まだ何もしちゃいない」

「おまえを呼びとめた奴は、どこにいる？」

「外にいるはずだけど……」

「立て！」

見城は命じた。

男が弾《はじ》かれたように立ち上がる。見城はボマージャケットの男を弾避《たまよ》けにして、マンションの外に出た。

ちょうどレンジローバーが急発進したところだった。車まで二十メートルほど離れていた。追っても、追いつきそうもない。

「おまえに声をかけた奴は、いまの車に乗ってたんだなっ」

「う、うん」

「そいつはローブのような服を着てなかったか？」

「着てたよ、水色のやつをね。あいつ、『タントラ原理教』の関係者だったのか」

「おそらく、そう見せかけてるだけなんだろう」

「どういうことなんだよ⁉」

　男が驚きの声を発した。

「おまえにゃ、関係のないことだ。車で逃げた奴は、何歳ぐらいだった？」

「三十歳前後だと思うよ。やくざじゃないと思うけど、ちょっと凄《すご》みがあったな」

「その男に連れは？」

「ひとりだったよ。渋谷駅で始発電車を待ってるとき、そいつに声をかけられたんだ。五万円くれるって言うんで、その気になったんだけど……」

「失《う》せろ」

「え？」

「消えろって言ってるんだ」

　見城はボマージャケットの背を強く押した。

　男は前のめりになったが、転ばなかった。そのまま、駅のある方向に走り去った。

　見城は地下駐車場に戻った。片膝を落とし、ＢＭＷの下を入念に検《しら》べる。おかしな細工は何も施《ほどこ》されていない。タイヤの空気も抜かれていなかった。

　見城はＢＭＷに乗り込み、マンションの地下駐車場から出た。

わざとゆっくりと走る。怪しいレンジローバーはどこからも現われなかった。

見城は代々木上原に向かった。

二十分弱で、目的地に着いた。水谷華代のマンションの前の通りに入ったときだった。

マンションの地下駐車場から、白いアウディが走り出てきた。ステアリングを握っているのは華代だった。

どこに行くのか。

見城は一定の距離を保《たも》ちながら、白い車を追尾《ついび》しはじめた。華代の車は住宅街を抜けると、初台《はつだい》ランプから中央自動車道に入った。

見城も車をハイウェイに乗り入れた。

アウディは大月《おおつき》ジャンクションまで突っ走り、河口《かわぐち》湖方面に向かった。

水谷華代は当分、誰かの別荘にでも身を隠す気なのか。そうだとしたら、彼女は自分に嘘をついたのだろう。

見城は運転しながら、そう思った。

アウディは河口湖ICを出ると、国道一三九号線を鳴沢《なるさわ》村方面に向かった。道なりに進めば、『タントラ原理教』の教団本部があった地区にぶつかる。

華代は、教団と何らかの関わりがあったのか。

しかし、それは思い過ごしのようだった。白いアウディは青木ヶ原《あおきがはら》樹海の間を抜けると、本栖《もとす》湖の湖岸道路に入った。この季節の行楽客は少ない。加えて時刻が早いためか、車の数は疎《まば》らだった。うっかりしていると、尾行を覚《さと》られるかもしれない。

見城は細心の注意を払いながら、華代の車を追った。アウディは湖岸のキャンプ場を通過すると、山側に曲がった。烏帽子《えぼし》岳の山裾だ。林道を少し登ると、左手に大きな別荘があった。アウディは、その別荘の敷地内に滑《すべ》り込んだ。

見城はBMWを側道にバックから入れ、別荘まで歩いた。すでに華代の姿はなかった。白いドイツ車は、山荘の前に横づけされていた。

別荘の門柱には、月村山荘という表札が掲《かか》げてあった。月村澄夫の別荘だろう。

見城は雑木林《ぞうきばやし》伝いに、別荘の裏側に回った。

枝の隙間《すきま》から、山荘の居間を覗《のぞ》き込む。ソファに坐った男の後ろ姿が、白いレースのカーテン越しに見える。年恰好《としかっこう》は判然としない。

その向こう側に、青っぽいスーツを着た華代が立っていた。何か愉《たの》しそうに話し込んでいる。背中を見せている男は月村なのか。

数分後、華代が居間から出ていった。

男もソファから立ち上がった。見城は姿勢を低くしながら、二階建ての山荘に近づいた。どうやら別荘の中には、華代と男だけしかいないようだ。しかし、迂闊《うかつ》に家の中に踏み込むわけにはいかない。見城は山荘の周《まわ》りを巡《めぐ》ってみた。見張りの男たちがいる様子はうかがえなかった。

見城は裏庭に戻り、テラスから山荘の居間に入った。

靴を履《は》いたままだった。足音を殺しながら、階下の部屋を一つずつ覗いていく。居間を除いて、八室もあった。

どこにも人影は見当たらない。

見城は広い玄関ホールの中ほどにある階段を静かに上がった。二階も部屋数が多かった。

三つ目の部屋を覗いたとき、見城は後頭部を固い物で強打された。

頭の芯が痺《しび》れた。すぐに気が遠くなった。

見城は前に倒れ込んだ。薄れる意識の中で、走る足音を聞いた。だが、振り返ることはできなかった。

見城は気を失った。しかし、それほど長い時間ではなかった。せいぜい一、二分だったのではないか。

我に返ると、すぐ近くにゴルフクラブが転《ころ》がっていた。ウッドだった。丸みのある部分で撲《なぐ》られたのだろう。

見城は身を起こした。

ちょうどそのとき、外でエンジン音がした。見城は窓辺に走り寄り、サッシ戸と雨戸を開けた。内庭を見下ろすと、白いアウディが発進したところだった。

運転席には、サングラスをかけた男が乗っていた。アウディはフルスピードで林道を下っていった。もしかしたら、水谷華代は葬られたのかもしれない。

見城は廊下に飛び出し、次々に部屋のドアを開けた。

華代は、いちばん奥の部屋のベッドの脇《わき》に俯《うつぶ》せに倒れていた。首には、ナイロンのストッキングが巻きついている。

見城は走り寄って、すぐ華代の右手首を取った。

肌の温《ぬく》もりはあったが、脈動は熄《や》んでいた。

「なんてこった」

見城は歯嚙みした。

アウディで逃げた男が、華代の口を封じたにちがいない。

いったい誰だったのか。

第四章　怪しい秘密結社

1

息を呑《の》むような美人だった。

見城は、立花桃子とボックス席で向かい合っていた。

銀座の高級クラブ『シャンゼリゼ』だ。午後十時半過ぎだった。

本栖湖から東京に戻った見城は、月村澄夫事務所の近くで張り込むつもりでいた。

しかし、それは叶《かな》わなかった。正午前に謎《なぞ》のテロリスト集団が都内の六つのターミナル駅構内に毒ガスを撒《ま》いて、不法滞在外国人や路上生活者たちを短機関銃で射殺したことで、主な幹線道路にことごとく検問所が設《もう》けられた。交通渋滞がひどく、都心に向かうことは断念せざるを得なかった。

やむなく見城は参宮橋の里沙のマンションに行き、夕方まで過ごした。そのあと自宅に寄り、銀座にやって来たのだ。

「弁護士の戸塚《とつか》先生のご友人だそうですね？」

桃子が言った。店では、信乃《しの》という源氏名《げんじな》を使っていた。

「そうなんだ。戸塚さんから、きみのことを聞いたんだよ」

見城は話を合わせて、コニャックを傾けた。

戸塚という弁護士とは一面識もなかった。店の黒服に一万円札を握らせ、店の上客の名を教えてもらい、その人物の友人になりすましたのだ。このクラスの店は、一見《いちげん》の客だと入店を断られる。

しかし、戸塚はよほどの上客らしい。あっさり店に入れてもらえた。

ゆったりとした造りで、ムードのあるクラブだった。インテリアは豪華だったが、けばけばしくはなかった。七人のホステスも美女ばかりだった。

わけてもナンバーワンの桃子は、ひときわ美しかった。色気もあった。

「先生と同じお仕事をなさってるのかしら？」

「いや、並行輸入の会社をやってるんだ」

「そうですの」

「前は女優さんだったんでしょ？」

「あら、嬉《うれ》しくなるようなことを言ってくださるのね」

「外《はず》れだった？」

「ええ、残念ながら。以前は外資系の化粧品会社に勤めていました」

「上司と不倫して職場にいづらくなったのかな？」

見城は軽い調子で言った。

「そうなんですよ。嘘《うそ》、嘘！　ＯＬの仕事って単調でしたので、ちょっと冒険してみる気になったんです」

桃子がほほえみ、ピンクがかったカクテルを口に運んだ。唇がなんともセクシーだ。いくらか上唇が捲《めく》れ気味のせいだろうか。

目は大きく、睫毛《まつげ》が長い。鼻の高さも、ちょうどよかった。もう少し高かったら、冷たい印象を与えるだろう。エメラルドグリーンのスーツに包まれた肢体《したい》も肉感的だ。腕時計やネックレスは超高級品だった。

「戸塚さんの話だと、ここには大物の国会議員も来るらしいね」

「ええ、まあ」

「どんな議員たちが常連なの？」

「個人名を挙《あ》げるのは、ちょっと……」

「賢いな、きみは。そういうところが客に受けるんだろうな。三年連続でナンバーワンなんだって？」

「戸塚先生、そんなことまでおっしゃったんですか。なんだか恥ずかしいわ」

「そんなふうに謙虚なのも、魅力の一つなんだろうな」

「わたしのことより、お客さまのことを知りたいわ。独身でらっしゃるの？」

「そうなんだ」

「もったいないわ。あなたのような素敵な方がまだ結婚されていないだなんて、何だか嬉しくなっちゃう」

「嬉しくなる？」

見城は訊《き》き返した。

「実は、わたしも独身なんですよ」

「それじゃ、しばらく通い詰めて、そのうちプロポーズするかな」

「ぜひ、お願いします。わたし、自分で言うのも変ですけど、家庭料理の腕にはちょっぴり自信があるんです」

「なら、きみにプロポーズしよう。今夜は、きみの顔を見に来ただけなんだ。また近いうちに来るよ」

「あら、もう少しいていただきたいわ」

「そうしたいところだが、このあと悪友の相談に乗ることになってるんだよ。チェックしてくれないか」

「そういうお約束があるのでしたら、強くはお引き留《と》めいたしません。お支払いはカードでよろしいのかしら?」

「今夜は現金で払うよ」

「わかりました。少々、お待ちください」

桃子が腰を上げ、和服を着たママのいる席に歩み寄った。

勘定は五万数千円だった。見城は支払いを済ませ、桃子に送られて飲食店ビルを出た。

店に入った目的は、月村議員の愛人の顔を見ることだった。

見城は近くの有料立体駐車場まで歩き、BMWに乗り込んだ。『シャンゼリゼ』のある飲食店ビルの前の通りに戻り、出入口の見える場所に駐める。

見城は煙草に火を点《つ》けてから、カーラジオのスイッチを入れた。

「もう一度、繰り返します。東京、品川《しながわ》、渋谷、新宿、池袋《いけぶくろ》、上野《うえの》の各駅に散布された毒ガスによって、四十一人の方が亡くなりました。病院で治療を受けている方は現在、五百数十人にのぼります」

女性アナウンサーが、いったん言葉を切った。

「また、新宿や上野周辺で射殺された路上生活者や不法滞在外国人は二十七人で、ほかに約六十人の方が重軽傷を負いました。二つの事件について、『タントラ原理教』名で新聞社、テレビ局、通信社に犯行声明が寄せられました。その声明文には、政府が桐原明晃の即時釈放に応じなかったことへの報復だと書かれていました。すでにお伝えしましたが、政府は桐原明晃の替え玉を犯人グループの一員と思われる人物に射殺されたことで、全閣僚にまた招集をかけました」

ふたたびアナウンサーが間《ま》を取った。

「犯人グループは桐原を奪還するまで、大量無差別殺人を重ねると予告しています。政府がそのことを憂慮《ゆうりよ》し、犯人側の要求を受け入れる可能性も出てきました。次は、ビル火災のニュースです」

アナウンサーは喋《しやべ》りつづけた。

見城は耳を傾けた。だが、ついに水谷華代が殺された事件は報じられなかった。山梨県警は、まだ事件を知らないようだ。見城はラジオの電源スイッチを切り、短くなった煙草の火を消した。

少し考えてから、白坂朋子の家に電話をかける。

「見城さん、水谷さんは何か喋った？」

「少しね。しかし、華代は誰かに殺されてしまったんだ」

「いつ？」

朋子の声には、驚きが込められていた。

「きょうの午前中だよ。殺された場所は、本栖湖の近くにある月村の別荘だ」

「ええっ!?　それじゃ、月村議員が水谷さんを？」

「そいつは、まだわからない。しかし、水谷華代が殺されたことは確かだよ。まだマスコミは何も報じてないようだがね」

見城は、死体を発見するまでの経過を手短《てみじか》に話した。

「月村議員が犯人だとしたら、死体をそのままにして逃げたりしないんじゃない？　それじゃ、わざわざ自分が犯人だって教えてるようなものだもの」

「確かに、きみの言う通りだな。しかし、気が動転しちまったとも考えられなくはない」

「そうだとしても、すぐに引き返してくるんじゃない？　それに犯人が議員なら、水谷さんの白いアウディで逃げたりしないと思うわ」

朋子が言った。

「実は、おれもそう考えたんだ。で、犯人は華代と個人的に親しい関係の男なんじゃないかと推測したんだよ」

「犯人は水谷さんが到着する前から、別荘にいたのよね？」

「そう」

「ということは、月村議員の男性秘書か何かと考えてもいいんじゃない？　そういう者でなければ、別荘の中に入れないでしょうから」

「そうとは限らないよ。季節外れに別荘を訪れる人間はあまりいないだろうから、雨戸を外したり、玄関のドアをこじ開けて侵入もできる」

「あっ、そうね。いつだったか、路上生活者《ホームレス》が長野《ながの》のどこかの他人の別荘に勝手に入り込んで、冬の間、そこに住んでたって記事が新聞に載ってたわ。ストック用の缶詰なんかを食べながらね」

「そんなふうに簡単に忍び込めるだろうから、犯人が月村と関わりがある者とは断定できない」

「ええ、そうね」

「そこで、きみに頼みがあるんだ。昔の秘書仲間たちから、水谷華代の男関係を探り出してほしいんだよ」

見城は頼んだ。

「みんな、そういうことには興味津々《しんしん》だから、何かわかると思うわ」

「謝礼、はずむよ」

「お金なんか欲《ほ》しくないわ」

「きみには毎月、多額な家賃収入があるからな」

「何かわかったら、連絡するわ」

朋子が浮かれた声で言って、先に電話を切った。

見城は携帯電話を所定の場所に戻し、また煙草をくわえた。立花桃子が飲食店ビルから出てきたのは十一時四十分ごろだった。

桃子はビルの前で同僚ホステスたちと別れ、タクシーに乗り込んだ。

見城はタクシーを尾行しはじめた。タクシーは桜田通りから明治《めいじ》通りを進み、渋谷橋を左折した。そのまま駒沢《こまざわ》通りをたどり、やがて目黒《めぐろ》区の柿《かき》の木坂《きざか》に入った。

閑静な住宅街だ。広い通りから脇道《わきみち》に入って間もなく、タクシーは一軒の家の前で停まった。敷地は七十坪ほどで、奥に小ぢんまりした二階家が建っている。門灯は点いていたが、家の中は暗かった。

桃子が門扉《もんぴ》を開け、その家の中に入っていった。

見城は、桃子の自宅らしい家のかなり手前に車を停めた。すぐにヘッドライトを消す。今夜、月村が桃子の許《もと》に通ってくるという保証はない。だが、数時間は張り込んでみるつもりだった。

見城はシートをいっぱいに後ろに倒し、ひたすら待ちつづけた。

張り込みは、いつも自分との闘いだった。焦《じ》れたら、ろくな結果にならない。もどかしさに耐え、じっと待つ。それが最善の方法だった。

じっとしていると、どうしても眠くなってくる。

見城は睡魔《すいま》と闘《たたか》いながら、張り込みを続行した。桃子の家の前にタクシーが横づけされたのは午前一時半ごろだった。

見城は上体を起こした。タクシーを降りたのは、コート姿の五十代後半の男だった。ソフト帽を目深《まぶか》に被っている。

タクシーが走り去った。

男が左右をうかがってから、桃子の家の門に足を向けた。門灯の光が男の横顔を照らした。

月村澄夫だった。

待った甲斐《かい》があった。見城は、ほくそ笑《え》んだ。

月村が門扉を潜《くぐ》った。見城は、すぐには行動を起こさなかった。

午前二時を回ってから、グローブボックスを開けた。見城はカメラ、ICレコーダー、手製のピッキング道具を取り出し、上着のポケットに入れた。

そっと外に出る。

人っ子ひとりいない。車も通りかからなかった。

見城は桃子の家に急いだ。門扉は低かった。

手を伸ばして、錠を外す。見城は忍び込み、家屋の裏手に回った。好都合なことに、割に庭木が多い。

両隣と真裏の家屋《かおく》は、だいぶ離れている。しかも、三軒とも電灯は点いていなかった。

家屋の左側に、台所のドアがあった。

見城は抜き足で歩み寄り、鍵穴に針金状のピッキング道具を差し込んだ。呆気《あっけ》なくロックが解《と》けた。

見城は口の中で、十まで数えた。

家の中で、人の動く気配はしなかった。見城はキッチンのドアを少しずつ開け、家の中に忍び込んだ。土足だった。

キッチンは暗かった。隣接している食堂と居間も電灯は消されていた。居間の向こうの和室から、男と女の乱れた息遣《いきづか》いが洩《も》れてきた。

二枚の襖《ふすま》は、ぴったりと閉まっている。見城は上着のポケットから、ストロボ付きのカメラを取り出した。

「桃子、どうだ？　いいのか？」

襖越しに、男の上擦《うわず》った声が響いてきた。

「いい。とってもいいわ」

「もっと腰をいやらしく動かしてくれよ」

「こう？」

「そうだ。いい子だ、いい子だ。ほら、もっと突いてやる」

「たまんないわ」

桃子が喘《あえ》ぎ声で言った。

見城は片側の襖を二センチほど開け、室内を覗《のぞ》き込んだ。月村が敷き蒲団《ぶとん》の上に桃子を組み敷き、腰を躍動させていた。

桃子の両脚は、月村の両肩に担《かつ》ぎ上げられている。二人とも一糸《いっし》もまとっていない。毛布と掛け蒲団は、畳の上に落ちていた。枕許《まくらもと》には電気スタンドとティッシュペーパーの箱が置いてあった。

見城は襖を大きく開け、カメラのシャッターを押した。

ストロボが焚《た》かれ、白っぽい光が走った。月村と桃子が、ほぼ同時に驚きの声をあげた。見城は、ふたたびシャッターを切った。

「だ、誰なんだ⁉ おまえは……」

月村が言いさし、急に顔を歪《ゆが》めた。すぐに唸《うな》りはじめた。

「変よ、変！ わたしの体、おかしいわ」

桃子が不安げに訴え、やはり唸り声を発した。どうやら彼女は、驚きのあまり膣痙攣《ちつけいれん》を起こしたようだ。

「桃子、緩《ゆる》めてくれ」

月村が愛人の腿《もも》を肩から振り下ろし、苦しそうに訴えた。

「わたし、別に締めてないわ」

「しかし、こんなにきつく締めつけてるじゃないか」

「あなた、早く抜いてちょうだい」

桃子が言った。

月村が桃子の上に覆《おお》い被さり、額《ひたい》に脂汗《あぶらあせ》をにじませはじめた。桃子も苦痛に顔を歪めている。

「おい、医者を呼んでくれ。いや、それは駄目だ。こんなみっともない姿を他人に見せるわけにはいかない」

「女が膣痙攣を起こしただけだ。生命《いのち》に別状はないよ」

見城は和室に入ると、ポケットの中のＩＣレコーダーの録音スイッチを入れた。

「そ、その男は今夜、銀座のお店に来た男よ。戸塚弁護士の友人だと言ってたけど」

桃子が月村に言った。月村が首を捩《ねじ》った。

「何者なんだ、おまえは？」

「いいから、質問に答えろ！　あんたは『タントラ原理教』と関わりがあるのか？」

「このわたしが、あんな物騒な連中と関わりがあるわけないだろうがっ」

「あんたの秘書兼愛人だった水谷華代は、そう言ってたぞ」

見城は告げた。

「そんな話は、でたらめだ」

「華代は、あんたが『タントラ原理教』のスポンサーだと言ってたよ。それから、いまも指名手配中の教団元幹部たちに逃走資金を渡してるともな」

「冗談じゃない。わたしは、『タントラ原理教』の人間とはまったくつき合ってないっ」

「ほんとだな？」

「もちろんだ。ううーっ、痛い！　痛くて意識が霞《かす》んできた。わたしはどうなるんだ⁉」

「あんた、丸菱物産からの闇《やみ》献金を二重取りしたなっ」

「闇献金だって⁉　わたしは法定の企業献金しか受け取ってないっ。妙な言いがかりをつけるな！」

月村が痛みに顔をしかめながらも、語気を強めた。

「正直に喋《しゃべ》らないと、さっき撮った写真を悪用することになるぞ」

「そんなことはさせん。いや、しないでくれ」

「おれは田島常務に会ってるんだ。あんたは二度、丸菱物産からの闇献金を二重取りしたようだな。最初は三億円、次は五億円だった」

「二重取りなんか……」

「してないと言い張るなら、淫《みだ》らな写真を有権者たちにばら撒《ま》くぞ。次の選挙で、あんたは確実に落選することになるだろう」

「ま、待ってくれ。確かに最初の三億円は二重取りしたよ。しかし、後の五億円は一度しか貰《もら》ってない」

「それじゃ、誰が五億円を横奪《ど》りしたんだ？」

見城は問いかけた。

「その件に関しては、いま初めて聞いた。実際に、そんなことがあったのか？」

「田島常務は、五億円の闇献金を二度払わされたとはっきり言ってる。あんたの仕業《しわざ》じゃないとしたら、水谷華代が怪しくなってくる」

「あっ、そうだな。きっと華代が、ひと芝居《しばい》打って五億円を横奪りしたにちがいない」

「華代は、二度ともあんたが二重取りしたと言ってたがな」

「嘘だ！　あの女は、わたしを陥《おとしい》れようとしてるんだろう。華代が丸菱物産の田島常務をうまく騙《だま》して、仲間にかっさらわせたんだと思うよ」

月村が大声を張り上げた。すると、桃子が痛みを訴えた。

「華代は、あんたが二重取りした八億円を例のいかがわしい教団の元幹部たちに渡したと言ってた」

「わたしは『タントラ原理教』とは、いっさい無関係だ」

「一応、信じてやろう。ところで、いくら口止め料を出す？」

見城は訊《き》いた。

「口止め料？」

「そうだ。あんたは闇献金を受け取って、しかも二重取りしてた。そのことが表沙汰《おもてざた》になったら、あんたは完全に失脚するな」

「なんてことなんだ。三千万円ぐらいなら、出してもいい。その代わり、さっき撮ったフィルムと交換だぞ」

「ゼロが一つ足りないな。三億なら、相談に乗ってやろう」

「そんな大金は出せん！」

「なら、あんたは罪人になって政界を追われることになるな」

「わ、わかった。三億はくれてやるから、なんとかしてくれないか。ペニスが千切《ちぎ》れそうなんだ」

月村が唸りながら、真剣な顔で訴えた。

桃子も救いを求めるような眼差《まなざ》しを向けてきた。子供のころ、交尾してる野良犬に水をぶっかけたら、数分後に離れた。何かショックを与えれば、二人の体は離れるだろう。

見城は台所に戻って、ガラスのボウルに水を張った。

それを両手で持ち、和室に引き返す。見城は月村に上体を起こさせ、二人の結合部にボウルの水をぶっかけた。月村と桃子が奇声を洩らした。

「腰を引いてみろ」

見城は月村に言った。

「抜けた、抜けたよ！　ありがとう」

「礼はいいから、明日、三億円の預金小切手を用意しておけ」

「金は、この家にある。二重取りした三億円をそっくり桃子に預けてあるんだ」

「どこにある？」

「ここだよ」

月村が押入れの襖を開け、下の段の奥からスーツケースを引っ張り出した。サムソナイトの製品だった。中には、札束がぎっしり詰まっていた。

「それじゃ、貰っていくぞ」

見城は腰を屈《かが》めた。

すると、月村がスーツケースにしがみついた。

「その前に、さっきのフィルムを抜いてくれ」

「悪いが、気が変わったんだ。フィルムは、おれの保険にさせてもらう」

「それじゃ、この金は渡せないっ」

「そうかい」

見城は左目を眇《すが》め、月村の脳天に強烈な落とし猿臂《えんぴ》打ちを浴びせた。

月村が唸って、畳の上に崩れた。白目を見せながら、そのまま気絶した。

「そのお金を半分、わたしにくれない？」

桃子が流し目をくれ、立てた膝《ひざ》を大きく開いた。赤く輝く合わせ目は、半ば綻《ほころ》んでいた。

見城は無視して、スーツケースの把手《とって》を握った。ずしりと重かった。

2

朝刊を読み終えた。

きのうの毒ガス事件と無差別大量殺人事件のことで、ほぼ社会面は埋まっていた。しかし、華代の死体が発見されたという記事は見当たらない。

白いアウディで逃げた男は、女性秘書の死体をどこかに埋めたのかもしれない。

見城はそう推測しながら、ブラックコーヒーを飲んだ。

正午過ぎだった。まだ眠かった。明け方まで華代のマンションの近くで張り込んでいたからだ。女性秘書を殺した犯人が彼女の自宅マンション周辺の様子をうかがいに現われることを期待したのだが、それは裏切られてしまった。

気の弱い殺人者は、たいてい犯行現場や被害者宅の周辺に姿を見せる。捜査の進み具合や自分が怪しまれていないかどうかを知りたくなるからだろう。

月村から寄せた金を数えてみる気になった。

見城は居間の長椅子《ながいす》から立ち上がって、寝室に足を向けた。

スーツケースは、ベッドの下に突っ込んである。見城は重いサムソナイト製のスーツケースを引っ張り出し、札束を数えはじめた。

二億一千万円しかなかった。桃子がこっそり九千万円を抜き取ったのではないか。

それを確かめる必要がある。見城はサイドテーブルの上にある固定電話に腕を伸ばした。月村の事務所に電話をかける。あいにく月村はいなかった。

見城は桃子の家の電話番号をＮＴＴで教えてもらい、すぐにコールした。ややあって、桃子が受話器を取った。

「月村は、まだそこにいるな？」

「誰なの？　あっ、その声は……」

「そうだ、昨夜お邪魔した者さ。月村に替わってくれ」

見城は言った。

桃子が電話を保留にした。ショパンの曲が流れてきた。少し待つと、月村が電話口に出た。

「まだ何か用なのか？」

「金が九千万円足りなかったぞ」

「そんなはずはない」

「桃子が何かで遣《つか》ったんじゃないのか。訊いてみろ！」

見城は言って、煙草《たばこ》に火を点《つ》けた。ヘビースモーカーの彼は、常に居間と寝室の二カ所に煙草と灰皿を置いてあった。

ロングピースを半分ほど喫《す》ったとき、ふたたび月村の声が響いてきた。

「九千万は桃子が株取引に流用したらしいんだ」

「やっぱり、そうだったか。きょうの夕方までに九千万円の預金小切手を用意しておけ」

「二億一千万で勘弁してくれないか」

「おれは、中途半端な数が好きじゃないんだ。三億ちゃんと貰う！」

「軽く九千万と言うが、わたしにとっても大金だよ。おいそれとは……」

「あんたが値切る気なら、昨夜《ゆうべ》のみっともない写真を大量にプリントすることになるぞ」

「わかった、何とか用意しよう」

「夕方六時に、おれの代理の者が平河町の事務所に行く」

見城は言うなり、フックを押した。すぐに百面鬼の携帯電話を鳴らす。ツーコールで、電話が繋がった。

「なんか声が暗いな。調査が進まなくなったか」

百面鬼が言った。

「そんな無愛想な声出してると、おれの喰《く》い残しの肉を回してやらないよ」

「誰を咬《か》んだんだ？」

「月村だよ」

見城は詳しい話をした。

「で、おれに残りの九千万をそっくりくれるってわけだな」

「欲深いね、相変わらず。九千万を集金してくれたら、一千万やるよ」

「たったの一千万⁉　見城ちゃんのほうが、よっぽど欲が深いじゃねえか」

「一千万では不服なら、おれが自分で集金に行くよ。小切手を受け取るだけだから、そう手間はかからないからな」

「冷てえこと言うなよ。見城ちゃんとおれの仲じゃねえか。見城ちゃんの気持ちは、わかってるよ。ありがたく一千万を貰うから、へそ曲げねえでくれ」

百面鬼が急に下手《したて》に出た。変わり身の早さは、まさに天才的だった。

見城は、月村の別荘での出来事をかいつまんで話した。

「別荘地なら、管理人が定期的に巡回するんだろうが、山の中にぽつんと建ってる山荘じや、死体の発見が遅れそうだな」

「いや、犯人が誰かを別荘に行かせるだろう」

「そうか、そうだろうな。見城ちゃん、こっちにも情報があんだよ。きのうの晩、指名手配中だった『タントラ原理教』の元幹部たち三人が横浜のドヤ街で逮捕《パク》られたんだ」

「で、一連の事件との関連は?」

「三人とも、どの事件《ヤマ》にも関与してないって供述してるらしいよ。それから、マスコミに犯行声明文を送信した覚えもねえってさ。逃げ回ってる元幹部たちは散り散り状態で、桐原明晃を奪還することは諦《あきら》めてるって話だったぜ」

「やっぱり、一連の凶行を重ねてる連中は偽の教団元幹部たちだったんだな」

「それは、もう間違いねえだろう」

百面鬼が言った。

「凶悪なテロリスト集団と月村には接点がないと考えていいと思うよ。水谷華代の交友関係がわかれば、闇の奥に潜《ひそ》んでる首謀者にたどり着けるかもしれないな。実は知り合いの元国会議員女性秘書に、殺された華代に関する情報を集めてもらってるんだよ」

「そうかい。もう一つ、情報があるんだよ。今朝《けさ》早く檜原《ひのはら》村の山の中で、半年前に失踪《しっそう》した高萩《たかはぎ》うららって美人物理学者の切断死体が発見されたんだ。胴をエンジン・チェーンソーで真っ二つに切られてたそうだよ。それから、体には無数の青痣《あおあざ》があったらしいぜ」

「被害者は監禁場所から脱走を図《はか》って失敗したんじゃないだろうか」

見城は呟いた。

「おそらく、そうなんだろう。それから、物理学者は妊娠五カ月目に入ってたらしいぜ。強姦《ごうかん》されたにちがいねえよ。行方不明の女たちは、秘密快楽クラブみてえなとこでセックスペットにされてるんじゃねえのか？」

「おれは、そうじゃないと筋を読んでる。失踪した三百三人の女たちは、揃《そろ》って知的水準が高い。そこに謎を解く鍵があるような気がするんだ」

「なるほどな。慰《なぐさ》み者にするだけなら、頭の悪い女でもいいわけだ。ナイスバディなら、それだけで男たちを娯《たの》しませてくれるからな」

「まあ、そうだね」

「殺された物理学者が妊娠してたのは、どういうことなんだろうな。誘拐組織の実行犯どもが、行きがけの駄賃みてえに女たちをレイプしたのかね」

百面鬼が言った。

「どうもそうじゃなさそうだな。どこかに監禁されてる女たちは、何かの目的のために妊娠させられてるんじゃないのか」

「何かの目的？」

「そう。最近は結婚したがらなかったり、子供を産みたがらない女が増えてる」

「インテリ女性とか自立してる女に、そういう傾向が強いみてえだな。それだけ、ガキを育てにくい世の中なんじゃねえのか」

「ああ、そうなんだろうね。実際、暮らしにくい時代だからな」

「もう十年もしたら、ガキを産む女が珍しくなったりして……」

「冗談じゃなく、数十年後にはそうなるかもしれないよ」

「女たちがガキを産まなくなったら、ちょっと危《ヤバ》いよな。いつか国が滅《ほろ》ぶかもしれねえからさ」

「そこまではいかないにしろ、国の力は確実にダウンするだろうな」

見城は言った。

「そうだな」

「ひたすら国の繁栄を願ってきた年寄り連中や民族派たちは、子供を産みたがらない女たちに苛立《いらだ》ってる」

「それで、才女たちを引っさらって、無理やり妊娠させてるってわけか」

「ひょっとしたら、そうなのかもしれないよ」

「荒唐無稽《こうとうむけい》なようだけど、民族とか血に拘《こだわ》る奴らもいるから、知性派美人に優秀な子供を産ませたいと考える人間がいても不思議じゃねえよな？」

「もしそうだったとしたら、とても危険な考えだ。優生学的に優《すぐ》れていると見なす子供たちを増やす一方で、社会に利益をもたらさない人間たちは排除する気になるだろうからさ」

「それじゃ、ヒトラーみてえじゃねえか」

百面鬼が唸るように言った。

「狂気に満ちた独裁者に憧《あこが》れる人間は、いつの時代にも必ず出てくる」

「そんなクレージーな奴が、てめえの子種を拉致《らち》したインテリ女たちに仕込んでやがるのかね」

「おそらく、そうなんだろう。華代の線から怪しい人間が浮かび上がってきたら、そいつをとことん調べてみるよ」

「何かあったら、いつでも助《ス》けらあ。とりあえず、おれは月村んとこに集金に行ってくるよ」

「よろしく！」

見城は電話を切った。

札束の詰まったスーツケースをベッドの下に押し込み、すぐに寝室を出る。見城はキッチンに行き、レトルト食品を電子レンジに突っ込んだ。

そのとき、インターフォンが鳴った。

見城は電子レンジの停止ボタンを押し、玄関に走った。来訪者は毎朝日報の唐津だった。

「珍客だな」

「なんとなく見城君の顔を見たくなったんだよ。おれ、おたくに惚《ほ》れちゃったのかもしれない」

「気持ち悪いこと言わないでくださいよ」

「えへへ。ちょっといいか?」

「どうぞ入ってください」

見城は唐津を居間に導《みちび》いた。

コーヒーテーブルを挟んで向き合うと、唐津が先に口を開いた。

「メアリー号の爆破事件、だいぶ見えてきたんじゃないのか? それから、東都テレビの美人記者とカメラマン殺しの事件《ヤマ》もさ」

「やっぱり、目的はそれだったか。唐津さんこそ、もう容疑者の絞り込みに入ってるんじゃないんですか？」

「そんな段階まできてりゃ、おたくに会いに来やしないさ。見城君、何か情報をくれないか。おれは今回、すべてカードを見せてやったんだからさ」

「何か摑《つか》んでるんだったら、真っ先に唐津さんに情報を流しますって。いろいろ世話になってますからね。しかし、こっちも調査が捗《はかど》ってないんですよ。というよりも、迷路に入ってしまった感じだな」

見城は例によって、自分のカードは見せなかった。

「また、その手を使うのか。まいったな。おたくが最近は共存共栄路線を歩く気になったと思ってたんだが、また、遣らずぶったくりに逆戻りか」

「おれ、何も隠しちゃいませんよ」

「そのポーカーフェイスに、おれは何度騙《だま》されたことか」

唐津がぼやいて、ハイライトをくわえた。

二人は軽口を交わしながら、ひとしきり腹を探り合った。しかし、どちらもガードを崩さなかった。

「ここにいても時間の無駄だな」

唐津はそう言いながらも、なかなか辞去しようとしなかった。ようやく腰を上げたのは午後四時過ぎだった。

唐津が帰って間もなく、白坂朋子から電話がかかってきた。

「水谷華代さんのこと、いろいろわかったわよ」

「それじゃ、メモの準備をしよう」

「わたしの家に来なけりゃ、何も教えてあげない」

「わかった。これから、きみの家に行くよ」

見城は電話を切ると、すぐに外出した。

中馬込に車を走らせる。朋子の自宅に着いたのは、ちょうど五時だった。

見城は応接間に通された。

「調べたことを少しまとめておいたの」

朋子が、数枚のメモを差し出した。見城はメモを受け取り、ボールペンで書かれた文字を目で追いはじめた。

水谷華代の略歴が記《しる》され、現在の恋人の羽根木努《はねきつとむ》のことが細かく綴《つづ》られていた。三十二歳の羽根木は、大蔵（現・財務）省のエリート官僚だ。もちろん、国家公務員上級（旧Ｉ種）試験をパスした有資格者《キャリア》である。

羽根木は、住専の不良債権の処理を巡ってマスコミが大蔵省を非難したことにひどく腹を立てているらしい。大蔵省の解体を叫ぶ言論人の自宅や事務所に匿名《とくめい》で剃刀《かみそり》の刃を送りつけたほど激昂《げっこう》していたという。

神主《かんぬし》の息子として生まれたからか、思想的には国粋主義者に近いらしい。実家は川崎《かわさき》市内にあるが、中野《なかの》区内のマンションで独《ひと》り暮らしをしている。

メモには、マンション名と部屋番号が書いてあった。

顔を上げると、朋子がファクス受信紙を差し出した。それには、いかにもシャープそうな男の顔写真が複写してあった。

「こいつが羽根木努か」

見城は確かめた。

「ええ、そうよ。古風な二枚目よね。目鼻立ちは整ってるけど、なんか面白みがなさそう。わたしの趣味じゃないわ」

「水谷華代と羽根木努の関係は、いつからなんだい？　メモには、そのことは書いてないんだが……」

「一年以上も前からの仲らしいわ。水谷さんはそのころ、月村議員に冷たくされたんじゃないのかしら？」

「そうなのかもしれないな。二人は何がきっかけで親しくなったんだって？」

「二人は、同じ香道《こうどう》の先生のお弟子さんらしいの。それに、ほかにも共通点があったようよ。水谷さんの母親も宮司《ぐうじ》の娘なのよ」

「なるほど。そんなことで、なんとなく話が合ったんだろうな」

「水谷さんの話はそれくらいにして、約束を果たしてもらいたいわ」

朋子が言って、なまめかしい目つきになった。

「お礼は体で払えってことだな？」

「ええ、逆バージョンでしょうけどね」

「そういうことなら、二階の寝室に行こう」

見城はファクスペーパーとメモを上着のポケットに突っ込み、おもむろに立ち上がった。

3

窓は暗かった。

羽根木努の部屋である。中野区上高田《かみたかだ》にあるマンションの三〇五号室だ。

見城はヘッドライトを消した。

あと数分で、九時になる。見城は朋子を抱いた後、車を大蔵省に走らせた。だが、羽根木はすでに職場にいなかった。そこで、自宅の近くで張り込む気になったのだ。

見城は、朋子との濃厚な情事を思い起こしはじめた。

回想の途中で、携帯電話が着信音を響かせた。通話ボタンを押す。

「綿引です」

依頼人の映美だった。声が少し震えていた。

「何かあったようだね？」

「はい。いま荻窪の自宅マンションにいるのですけど、外から薄気味悪い男たちが、わたしの部屋を見上げてるんです」

「部屋の戸締まりは？」

「ちゃんとしてあります」

「こっちが行くまで何があっても、絶対に玄関のドアを開けないように。いま、中野の上高田にいるんだ。できるだけ早く、きみのマンションに行くよ」

見城は電話を切り、慌《あわ》ただしくＢＭＷを発進させた。

早稲田《わせだ》通りに出て、大和《やまと》陸橋の交差点を左折する。環七《かんなな》通りを短く走り、今度は青梅《おうめ》街道に入った。

目的のマンションに着いたのは九時二十数分過ぎだった。

あたりに不審な影は見当たらない。怪しい車も見当たらなかった。

見城は依頼人の部屋に急いだ。

インターフォンを鳴らすと、映美が怯《おび》えた声で誰何《すいか》した。見城は名乗った。

映美が内錠《うちかぎ》を外し、ドアを開けた。

「来てくれてありがとう」

「外に怪しい奴らは見当たらなかったよ」

「十分ほど前に、ふっと二人の姿が見えなくなったんです」

「その二人組に見覚えは？」

見城は訊いた。

「いいえ、どちらも初めて見る顔でした。二人とも三十歳前後でしょうね」

「顔や体の特徴は？」

「よく見る余裕がありませんでした。まだ、この近くにいるんじゃないかしら？」

映美が両腕を胸の前で交差させ、ほっそりとした肩を抱いた。

「仕事の帰りに、ここに着替えを取りに戻ったのかな」

「いいえ。今夜から自宅に戻る気になったので、研究所から……」

「そう」

「ここじゃ、寒いですよね。どうぞ部屋の中にお入りください」

「それじゃ、失礼するよ」

見城は靴を脱ぎ、先日と同じようにガラストップテーブルを挟んで映美と向かい合った。

「勤め先の研究所から尾《つ》けられてたんではないと思います。わたし、歩きながら、ちょくちょく周《まわ》りに目を配っていましたので」

「おそらく二人の男は、このマンションの近くで張り込んでたんだろう。高輪の叔父さんの家には若い衆がいるんで、近づけなかったんじゃないかな」

「そうかもしれません。あの男たちは、まだわたしを誘拐しようと考えているのでしょうか？」

「そう思えるな」

「怖いわ」

「きみに勇気があれば、罠《わな》を仕掛けてみるんだが……」

「罠って？」

映美が問いかけてきた。

「いや、いいんだ。危険を伴《ともな》う罠だからね」

「どういう罠なんですか？　教えてください」

「きみに夜道をわざと歩いてもらおうと思ったんだよ。無防備を装ってね。そうすれば、怪しい二人組がどこからか現われるかもしれないと考えたんだ」

「見城さんは、こっそりわたしの後ろから……？」

「もちろん、そうするつもりだったさ。しかし、そこまで危険な真似《まね》はさせられない。男たちが刃物や拳銃《けんじゆう》を持ってる可能性があるから」

「とても怖いけど、わたし、囮《おとり》になります」

「いや、危険すぎるな」

　見城は反対した。

「でも、あの二人の正体がわかれば、従妹《いとこ》の滝沢留衣を爆死させた犯人グループもわかるかもしれないんでしょ？」

「もしかしたらね。しかし、やっぱり……」

「見城さんがすぐに救《たす》けに来てくれるのでしたら、わたし、本当に囮になってもかまいません。あなたは強そうなので、わたし、勇気を出します」

「やっぱり、やめとこう。万が一のことがあったら、取り返しがつかないからな」

「もし殺されるようなことがあっても、わたし自身の責任です。見城さん、行きましょう」

映美が意を決して、勢いよく立ち上がった。

見城は慌てて映美を思い留《とど》まらせようとした。しかし、映美の決心は変わらなかった。

やむなく見城は、映美を囮にする気になった。

少し経ってから、二人は部屋を出た。先にマンションを出た映美は、荻窪駅に向かって歩きはじめた。

見城は二十メートルほどの間隔を取りながら、暗がり伝いに映美を追った。

ウールコートの襟《えり》を立てた映美は、人気《ひとけ》のない裏通りを歩いている。極度の緊張からか、足の運びがぎこちない。

見城はさりげなく前後左右をうかがいながら、映美を追尾《ついび》していった。

三百メートルほど歩いたとき、前方から走ってきたライトバンが映美の近くに停まった。映美が立ち止まる。

見城は足を速《はや》めた。

ライトバンの運転席のパワーウインドーが下がった。映美がドライバーと何か話している。さらに歩度を速めたとき、ライトバンが低速で走りはじめた。運転席の男は頭を下げ、窓のパワーウインドーを閉めた。ただ道順を訊かれただけのようだ。

見城は胸を撫《な》で下ろした。

その矢先だった。前方の暗がりから、黒っぽい人影が不意に現われた。映美が立ち竦《すく》んだ。

見城は走りだそうとした。

その瞬間、背後に人の気配を感じた。見城は体ごと振り返った。

マチェティを振り翳《かざ》した男が視界に入った。マチェティは、アメリカの先住民族が用《もち》いている鉈《なた》だ。見城は、二人の不審者に挟まれる恰好になった。

後ろの男は、黒いフェイスマスクを被っていた。目しか見えない。

マチェティが振り下ろされる前に、見城は相手の顔面に背刀《はいとう》打ちを浴びせた。鼻の軟骨が潰《つぶ》れる音がした。

男が体をふらつかせた。

見城は横蹴《よこげ》りで相手を倒した。鉈が路面に落ち、鈍《にぶ》い音をたてる。見城は前に向き直った。映美が、前方から現われた男と揉み合っていた。

見城は地を蹴《け》った。

二人のいる三、四メートル手前で、高く跳んだ。右の袈裟《けさ》蹴《げ》りを男の顔面に見舞う。男は仰向《あおむ》けに引っくり返った。見城は映美を背の後ろに庇《かば》い、倒れた男が上体を起こすのを待った。男が呻きながら、のろのろと半身を起こした。

見城は相手の喉笛《のどぶえ》を蹴った。

男が蛙《かえる》の鳴き声に似た声をあげ、今度は前屈《まえかが》みに倒れた。見城は後ろを見た。マチェテイを振り翳した男は、いつの間にか姿を消していた。

見城は残った男を摑《つか》み起こそうとした。そのとき、映美が大声をあげた。

「危ない！」

「え？」

見城は振り向いた。

無灯火の大型オートバイが猛進してくる。見城は映美の腕を摑み、近くの家の門扉まで走った。

数秒後、凄《すさ》まじい男の悲鳴がした。オートバイに乗った男が、インディアンの鉈をフェイスマスクを被った仲間の頭に叩き込んだのだ。単車は、そのまま走り去った。

「なんてことをするんだろう」

映美が震え声で呟いた。

見城は路上に倒れた男に走り寄った。フェイスマスクを剝《は》ぐ。見城はライターの炎で、男を見た。

鉈が前頭部に深々と埋まっている。血糊《ちのり》が夥《おびただ》しい。むろん、男は呼吸していなかった。見城は男のポケットをことごとく探《さぐ》った。だが、身許のわかるような物は何も所持していなかった。

「ひとまずマンションに戻ろう」

見城は映美に言った。

二人は急ぎ足で、来た道を引き返しはじめた。マンションに戻っても、映美は自分の部屋に入りたがらなかった。

「ひとりじゃ、不安なんだね？」

「ええ。自宅にいると、また恐ろしいことが起こるかもしれません。わたし、また叔父の家に泊めてもらいます」

「そうしたほうがいいだろうな。こんな結果になってしまって、申し訳ない」

「いいんです」

「叔父さんの家まで車で送ろう。着替えを取っといでよ。こっちは、ここで待ってる」

見城は言った。

映美がうなずき、自分の部屋に入った。

仲間にマチェティで殺された男の身許は、所轄署がすぐに割り出すだろう。そうすれば、そこから糸を手繰《たぐ》っていけそうだ。

見城は玄関ドアの横の壁に凭《もた》れ、気落ちしそうな自分を奮《ふる》い立たせた。

4

赤信号に引っ掛かった。

見城はＢＭＷを停めた。ＪＲ恵比寿駅の近くだった。明治通りである。十数分走れば、高輪の滝沢邸に着くだろう。

「すみませんけど、この近くで降ろしてくれませんか？」

助手席の映美が言った。

「急にどうしたの？」

「よく考えてみたんですけど、わたしが身を匿《かくま》ってもらうことで、叔父の家族や熱川会の若い人たちに迷惑かけることになると思うんですよ。仲間を平気で殺すような男たちは、そのうち叔父の家に押し入ってでも、わたしを拉致するかもしれないでしょ？」

「そこまではやらないと思うが……」

「今夜はホテルに泊まって、明日からウィークリーマンションに移ります。ええ、そうします」

「さっきのことを考えると、今夜、きみをひとりだけにしておくのは危険だな」

見城は言った。

ちょうどそのとき、信号が変わった。また車を走らせはじめる。

「確かに心細いですけどね。といって、鎌倉の実家からだと通勤に時間がかかりますから」

「よかったら、こっちのマンションに泊まらないか？　おれがそばにいれば、拉致は阻止《そし》できるだろう」

「ですけど……」

「別に変なことを考えてるわけじゃないんだ。きみには、おれのベッドを使ってもらう。おれは居間の長椅子で寝るよ。寝室のドアには内錠がついてるから、安心して眠れると思う」

「でも、それでは申し訳ないわ。ご迷惑ではありません？」

映美が問いかけてきた。

「全然、迷惑じゃないよ」

「それじゃ、お言葉に甘えさせてもらおうかしら？」

「そう」

「ご厄介《やっかい》になるのは今夜だけですので……」

「何日泊まったって、こっちはかまわないよ」

見城は言って、次の交差点を左に曲がった。迂回《うかい》して、渋谷方面に向かう。

『渋谷レジデンス』までは、ひとっ走りだった。

車を地下駐車場に置き、二人はエレベーターに乗った。見城は自分の部屋の前に立ったとき、おやっ、と思った。

玄関ドアの近くに吸殻《すいがら》が落ちていたからだ。犯人グループが部屋に何か仕掛けたのかもしれない。

「ちょっとドアから離れててくれないか」

見城は映美を退《さ》がらせた。

「どうしたんですか？」

「誰かが部屋に入ったかもしれないんだ」

「なぜ、そう思われたのですか？」

映美が訊いた。見城は、足許《あしもと》に落ちているフィルター付きの煙草の吸殻を指さした。

「ここに吸殻が落ちてたことは一度もないんだよ」

「見張り役の男が、ここで煙草を喫っていたと推測されたのですね？」

「ひょっとしたらね。ちょっと検《しら》べてみるよ」

「気をつけてくださいね」

映美が言った。

見城はうなずき、ドアの鍵穴を見た。縁《ふち》は捲《めく》れていない。鍵穴の奥も破損してはいなかった。

外国の諜報機関の工作員やテロリストたちは、しばしばドア、電灯スイッチ、照明器具などに仕掛け爆弾《ブービートラップ》を仕掛ける。レストランシップ爆破事件と連続失踪事件の実行犯が同一とも考えられる。油断はできない。

ドア・ノブに鍵を差し込んだとたん、仕掛けられた散弾が発射したり、黒色火薬に繋《つな》がっている雷管《らいかん》に火が走るケースは珍しくない。

見城は充分に点検してから、キーを差し入れた。

何も起こらなかった。ノブにも、異状は感じられない。見城はドアをそっと開けた。

次の瞬間、玄関内のドアフレームの上から出刃庖丁《でばぼうちょう》が四本いっせいに落ちてきた。

見城は、ひやりとした。無防備で玄関に入っていたら、無傷ではいられなかっただろう。

「いまの音は？」

映美が心配顔で訊いた。

「ドアの上の壁に仕掛けられてた出刃包丁が落ちてきたんだ」

「お怪我は？」

「大丈夫、どこも傷《いた》めてない。まだ、そこにいてくれないか」

見城はドアを大きく開けた。切れた釣糸《テグス》が垂《た》れ下がっている。見城はドアを片手で押さえながら、足で四本の出刃庖丁を片側に寄せた。

玄関には、ローションの匂《にお》いがかすかに残っていた。見城が使っているローションではなかった。室内に誰かが潜《ひそ》んでいるとも考えられる。見城は息を殺し、耳をそばだてた。人のいる気配は伝わってこない。

見城はライターの火を点けた。

左側の壁に埋まった電灯スイッチの金具は、うっすらと埃《ほこり》に覆われている。侵入者がナットを外した形跡はなかった。

頭上の照明器具を仰《あお》ぐ。炸薬《さくやく》を仕掛けられた様子はうかがえない。

見城はライターの炎を消し、玄関ホールの灯《ひ》を入れた。

急いで靴を脱ぎ、リビングに進む。仕切りドアの下に、極細《ごくぼそ》の針金が横に張られていた。

その針金の片側には、手榴弾《しゆりゆうだん》が仕掛けてあった。うっかり針金に足を引っ掛けると、手榴弾が爆《は》ぜるようにセットされていた。

見城は手早く針金を外し、室内を入念に検べた。

ＬＤＫや居室には、何も仕掛けられていなかった。ベッドの下に隠してあった二億一千万円入りのスーツケースも無事だった。

見城は手榴弾を目に触《ふ》れない場所に隠し、玄関に戻った。映美を部屋の中に呼び入れ、ひとまずリビングのソファに坐《すわ》らせた。依頼人は明らかに怯えていた。

「ここも安全じゃなさそうだ。今夜は、どこかホテルに泊まろう。朝まで、きみのそばにいてやるよ」

「ええ、でも……」

「依頼人を護《まも》ることも仕事のうちなんだ。きみに何かあったら、調査の報酬を貰えなくなるからな」

見城は冗談っぽく言った。

「お優しいのね」

「はい。相手の気持ちに負担をかけないように思い遣《や》るのは、なかなか難しいことなのに」

「えっ、おれが？」

「そんな屈折《くっせつ》した優しさなんか示せる男じゃないよ、こっちは」

見城は面映《おもはゆ》かった。

会話が中断したとき、ホームテレフォンが鳴った。見城はスチール製のデスクに歩み寄って、親機の受話器を取った。

「生きてやがったか」

男のくぐもり声がした。送話口にハンカチを被せてあるようだ。

「おれの部屋に、トラップを仕掛けたのはおまえだなっ」

「前にも警告したはずだぞ」

「神田の月極駐車場から賀来と福留を逃がした三人組のひとりだな？」

見城は声を張った。相手は無言のまま、荒っぽく電話を切った。

受話器を置くと、映美が不安そうな顔を向けてきた。

「脅迫電話みたいですね？」

「ここに侵入した奴だと思うよ」

「近くにいるのでしょうか？」

「ああ、おそらくね。いま、外に出ないほうがいいだろう」

「そうですね」

「敵はこっちが警戒してることを知ってるから、今夜はこの部屋には押しかけて来ないだろう」

見城はダイニングキッチンに行き、二人分のコーヒーを淹《い》れた。二つのマグカップをコーヒーテーブルに置いたとき、ふたたび固定電話が着信音を発しはじめた。

映美は戦《おのの》いていた。発信者は、さきほどの男だろう。依頼人の不安を増大させるわけにはいかない。

「子機の受話器を取るから……」

見城は言い置いて、寝室に走った。子機の受話器を耳に当てると、百面鬼の声が響いてきた。

「百《どう》さんか。脅迫電話かもしれないと思ったんで、身構えてたんだよ」

「何があったんだい？」

「留守中に部屋にブービートラップを仕掛けられたんだ」

見城は経過をかいつまんで話した。

「そいつは危《あぶ》なかったな。けど、さすが見城ちゃんだ。おれだったら、頭と肩に出刃庖丁が刺さってたと思うよ」

「それより、例の集金は？」

「ちゃんと九千万の預金小切手を月村から貰ったよ。それから月村に脅しをかけて、桃子って女を提供させたんだ。えへへ」

百面鬼が下卑《げび》た笑い方をした。

「柿の木坂の桃子の自宅に押しかけて、たっぷり娯《たの》しんだようだな？」

「まあね」

「喪服を使ったの？」

「ああ。最初は少し驚いた様子だったけど、別に厭《いや》がったりしなかったよ。桃子って女、かなりの好き者だな。それから、強《したた》かだね」

「強か？」

「そう。あの女、月村には棄《す》てられるだろうからって、一緒にパトロンを強請《ゆす》ろうなんて言い出しやがったんだ」

「それで、百《どう》さんはどう答えたのかな？」

「即答は避けたよ。けど、あの女の夢を叶《かな》えてやりてえ気もしてるから、月村を強請ることになりそうだな」

「桃子は、どんな夢を持ってるんだって？」

見城は訊いた。

「世界のあらゆる料理を喰えるレストランビルを建ててえらしいんだ。百億円も必要だって話だから、そう簡単にゃ夢は実現させられねえよな。けど、計画を十分の一ぐれえに縮小すりゃ、何とかなりそうじゃねえ？」

「桃子は百《どう》さんを利用するだけのつもりなんじゃないのかな。フラワーデザイナーと地味につき合ったほうがいいと思うよ」

「よく考えてみらあ。これから小切手を見城ちゃんのとこに持ってってやろうと思ってたんだが、綿引映美とかいう依頼人が部屋にいるんなら、明日でいいよな？」

「ああ」

「わかった」

百面鬼が言った。

「百《どう》さん、山梨県警のほうはどうだった？」

「おっと、そうだ。月村の別荘に、水谷華代の死体なんかなかったってよ」

「やっぱり、そうか。犯人《ホシ》が犯行現場に戻って、死体をどこかに隠したんだろう。白いアウディも、県下では発見されてないんだね？」

「そういう話だったな」

「桐原明晃の替え玉をシュートした男は、相変わらず完全黙秘してるの？」

見城は確かめた。

「そうだってよ。そっちの線からは、何も引き出せねえんじゃねえか」

「おそらくね。百《どう》さん、ちょっと調べてもらいたい人物がいるんだ。大蔵省の若きエリートなんだが……」

「何者なんだい、そいつは？」

百面鬼が訊いた。見城は、羽根木努のことを詳しく話した。

「見城ちゃんが羽根木の張り込みを中断せざるを得なくなったんなら、おれが少し動いてみらあ。それはそうと、明日、おれの謝礼貰えんだろ？」

「ああ、渡すよ」

「一千万の札束を早く拝みてえよ。ここんとこ、まとまった銭とは縁がなかったからな」

「明日、こっちから連絡するよ」

「待ってらあ。見城ちゃん、依頼人の女に手なんか出すなよ。そんなことしたら、里沙ちゃんに告げ口するぜ」

「おかしなことなんかしないよ」

「無理に突っ込んだら、見城ちゃん、滝沢んとこの殺し屋《ヒットマン》にしつこく追っかけ回されるぜ」

「おれは、百《どう》さんとは違うよ」

「けっ、気取りやがって」

極悪刑事が明るく悪態《あくたい》をついて、通話を切り上げた。

見城は受話器を置き、居間に戻った。

「電話、知り合いからだったんだ」

「そうだったようですね」

「コーヒーより、寝酒のほうがいいかな？」

「いいえ、コーヒーで結構です。いただきます」

映美がマグカップを持ち上げた。

見城は映美の前に坐り、ロングピースをくわえた。映美の寝姿を想像しながら、長椅子で眠れるだろうか。

寝苦しい夜になりそうだった。

第五章　狂気の抹殺《まっさつ》計画

1

生欠伸《なまあくび》が止まらない。

明らかに睡眠不足だった。前夜は二時間そこそこしか眠れなかった。

見城は、都庁第一本庁舎の四十五階にある北展望室にいた。

雪化粧をした富士山《ふじさん》が驚くほど近くに見える。午後二時過ぎだった。

少し前に綿引映美と別れたばかりだ。映美は職場に向かっているだろう。

彼女も昨夜は、あまり眠っていないにちがいない。寝室のドア越しに、寝返りを打つ音が数えきれないほど聞こえた。拉致《らち》されかけたときの情景が脳裏《のうり》から離れなかったのだろうか。

見城は誘拐犯グループに寝込みを襲われることを警戒し、やはり寝つけなかった。自分のベッドに魅惑的な美女が横たわっていることも、気持ちを落ち着かせなかった。ベッドのかすかな軋《きし》みは妙に妖《あや》しく聞こえた。

見城は腕時計を見た。

百面鬼との約束は、二時きっかりだった。すでに十五分が過ぎている。悪党刑事の携帯電話を鳴らしたのは正午前だった。

そのとき、百面鬼は新宿区役所近くのサウナにいた。休憩室で、つい寝込んでしまったのか。

あるいは、南塔の展望室にいるのだろうか。都庁第一本庁舎は、ツインタワーになっている。正面の都民広場の左が南塔、右が北塔だ。ツインタワーの間の中央部は、三十二階までしかない。

百面鬼は、そそっかしい男だ。もしかしたら、南展望台にいるのかもしれない。あと五分待っても現われなかったら、隣のタワーに行ってみるか。

見城は、そうすることにした。

それから間もなく、純白のウールコートを着た百面鬼がエレベーターホールの方から蟹《がに》股《また》でやって来た。背広は芥子《からし》色で、シャツは黒だった。ネクタイはパーリーホワイトだった。

「相変わらず、ド派手な身《ナリ》なりだな」

「うるせえやい」

「南展望台で待ってたの？」

「いや、いま来たんだよ。ちょっと羽根木努の情報集めに手間取っちまってな」

「どの程度の情報を集めてくれた？」

「そいつを話す前に、一千万を貰《もら》っとこうか」

「抜け目がないな」

見城は苦笑し、手にしていた蛇腹《じゃばら》封筒を百面鬼に渡した。帯封の掛かった百万円の札束が十束入っている。

百面鬼が中身を検《あらた》めてから、裸の小切手を差し出した。額面は、間違いなく九千万円だった。振出人は月村澄夫の個人名義になっている。

「見城ちゃんが八千万で、おれが一千万円か。だいぶ開きがあるな」

「また、欲を出す。月村に牙《きば》を突き立てたのは、このおれだよ」

「そうだけどさ……」

「百《どう》さんには、金のほかに立花桃子も回してやったじゃないか。もっと銭が欲しいんだったら、桃子と結託して月村を揺さぶるんだね」

「わかったよ。そうすらあ。けど、こないだの謝礼はちゃんと貰うぜ」

「そういえば、まだ三万を払ってなかったな。けど、三万円ぐらい泣きなよ。いつもおれのバーボンを景気よく飲んでるんだからさ」

「それとこれは、話が別じゃねえか」

「持ってけ、泥棒！」

見城は笑って懐を探り、三枚の一万円札を百面鬼の上着の胸ポケットに突っ込んだ。

「こんなとこに突っ込むなよ。自慢のシルエットが崩れちまうじゃねえか」

「何が、シルエットだよ。野牛みたいな体型して」

「野牛かよ」

「もう払うものは払った。早く羽根木のことを話してくれよ」

「その謝礼の額は、まだ決めてなかったな」

「おれから、まだ小遣いせびる気なの⁉　いつも分け前をたっぷりやってるんだから、それくらいは無料サービスしなよ」

「今回だけだぜ。でも、コーヒーぐらい奢《おご》れよな」

百面鬼がそう言い、展望室の喫茶コーナーに足を向けた。見城は呆《あき》れながら、やくざ刑事の後に従った。

二人は奥の席に落ち着き、ブレンドコーヒーをオーダーした。客は中高年のグループが多かった。

「『敷島《しきしま》の会』って、知ってるかい？」

百面鬼が小声で訊《き》いた。

「知らないな。歌人たちの親睦《しんぼく》団体か何か？」

「いや、秘密結社だよ。国粋主義者として知られてる学者、神道《しんとう》系の宗教家、それから民族派の政財界人たちで構成されてる組織なんだ。結成は昭和二十一年らしいんだが、組織のことはほとんど知られてないって話だったな。会長が誰なのかわからねえし、会員数もはっきりしねえんだってよ。ただ、日本古来の伝統を尊《たっと》び、民族の繁栄と誇りを保《たも》とうって目的で結成されたことは確かみてえだな」

「羽根木は、その『敷島の会』のメンバーなの？」

「メンバーかどうかわからねえんだが、二年前に羽根木努って野郎が情報提供者の秘密結社研究家の自宅を訪ねて、『敷島の会』に関する資料を譲ってくれないかって言ったそうなんだよ」

「それで？」

見城は先を促《うなが》し、ロングピースに火を点《つ》けた。

ちょうどそのとき、ブレンドコーヒーが運ばれてきた。百面鬼がやや上体を引き、葉煙草《シガリロ》をくわえた。ウェイトレスが下がった。ふたたび百面鬼が前屈《まえかが》みになる。

「羽根木はどんなに高くてもいいから、ぜひ資料を譲り受けたいと言ったらしいよ。けど、研究家は何も資料なんか持ってなかった。それどころか、『敷島の会』の本部の所在地も知らなかったんだ。羽根木はえらく落胆して、とぼとぼと帰ってったって話だったよ」

「そう」

「羽根木はその後、別の人間から『敷島の会』のことを教えてもらって、入会したかもしれねえと思ったわけよ」

「それは考えられそうだね」

見城は砂糖もミルクも入れずに、熱いコーヒーを啜《すす》った。それほどうまくない。

「羽根木が『敷島の会』のメンバーだと仮定して、ちょっと筋を読んでみようや」

「まずは、レストランシップの結婚披露宴会場爆破事件から整理してみよう。新婦の滝沢留衣の父親は広域暴力団熱川会の会長を務めている。そんな関係で新婦側の招待客は関東の親分衆、保守系の国会議員、芸能人、著名なアスリートたちで占められた」

「ああ。どいつも、あまりお行儀《ぎょうぎ》はよくねえな。前科《マエ》こそねえが、国会議員は裏でかなり危《ヤバ》いことをしてそうだし、芸能人やスポーツ選手の中にゃ薬物疑惑を持たれてる奴らもいる」

「そうだね。大和《やまと》民族に誇りを持ってる人間たちから見たら、そういう連中は恥ずべき同胞《どうほう》だろう」

「それだから、爆殺する気になった？」

「その可能性はあるだろうね。歌舞伎町の組事務所に手榴弾《しゅりゅうだん》を投げ込んだり、不法滞在の外国人たちを短機関銃で始末したのは彼らが目障《めざわ》りだったからなんじゃないか」

「『タントラ原理教』の残党の仕業《しわざ》に見せかけた大量無差別殺人も同じ理由からなのかね？　一般の市民も巻き添えを喰《く》ってるから、犯行の性格が違うようにも思えるんだよな」

百面鬼が長くなった葉煙草の灰を指ではたき落とし、コーヒーカップを持ち上げた。ブラックのままだった。

「過激な民族主義者にとって、ただ漫然と生きてるだけの日本人は唾棄《だき》すべき存在なんだろう。それから、社会の役に立たない同胞も必要ない人間だと思ってるんじゃないのかな？」

「だから、暴走族《マルソウ》やホームレスなんかも始末されたんじゃねえか。そういう読み筋だな」

「そう考えてもいいと思うよ」

見城は、短くなった煙草の火を揉《も》み消した。

「闇《やみ》献金の横奪《ど》りは、血の粛清《しゆくせい》に銭が必要だったからなんじゃねえのか？」

「そうなんだろうな。『タントラ原理教』の元幹部の振りをしてた実行犯たちは、金で雇《やと》われた犯罪のプロにちがいない」

「おれも、そう睨《にら》んでらあ。東都テレビの雨宮深雪とカメラマンの栗林道は闇献金の強奪シーンをビデオカメラで隠し撮りしたのが因《もと》で、若死にしちまったってわけだな」

「それは間違いないと思うよ。それから、インテリ美人の大量連続失踪《しつそう》事件も同一グループの仕業だろうな」

「水谷華代って議員秘書の口を封じたのは羽根木かい？」

「そうとも考えられるし、誰かに殺させたのかもしれないね」

「そうだな」

百面鬼が相槌《あいづち》を打って、葉煙草の火を消した。

「羽根木が怪しいことは怪しいが、まだ奴の致命的な弱みを押さえたわけじゃないんだよな」

「見城ちゃん、松《まつ》に羽根木の自宅マンションの電話引き込み線に盗聴器を仕掛けさせろや」

「夕方、取り付けてくれることになってるんだ」

「そうなのか。そうそう、檜原村の山ん中で切断死体で発見された美人物理学者の高萩うららは、まったくの処女だったぜ。司法解剖で、性体験がないことが判明したんだよ」

「ということは、スポイトか何かで精液を注入されたんで妊娠したんだろう」

「そういうことになるな。こないだ見城ちゃんが言ってたように、誘拐組織は拉致した女たちに将来有望なガキを産ませてえんだよ」

「首謀者は、自分の子をたくさん産ませようとしてるんだろうか。それとも、知力と体力に恵まれた幹部たちが精子を提供してるのか」

見城は呟《つぶや》いた。

「数年前からキャリアウーマンたちが、アメリカの精子バンクでエリート白人男性の子種《こだね》を買って、ガキを産んでシングルマザーになったりしてるようじゃねえか」

「その話は何かの雑誌で読んだことがあるよ。精子の提供を受ける女たちは年々、増加してるらしいんだ。もちろん周囲の者たちには、アメリカ人と恋愛してたって偽って納得させてるようだが」

「日本の才女たちが全員そんなふうになっちまったら、大和民族の繁栄を願ってる民族派は焦《あせ》るだろうな」

「百《どう》さん、それかもしれないよ」

「え？」

百面鬼は、きょとんとしている。

「誘拐組織は日本人の超エリート男性の精子を集めて、拉致したインテリ女性を次々に妊娠させてるんじゃないだろうか。日本にも最近、精子バンクができてエリートたちの精子が百五十万円前後で売られてるらしい」

「それ、あり得るぜ。誘拐組織は頭脳明晰《めいせき》でスポーツ万能の超エリートの精液をいい値で買い集めてるのかもしれねえな」

「うん、考えられるね」

「どんな方法で精液を集めてんのかね。ちょっと興味あるな。おれの中学時代の同級生が大きな産婦人科医院の二代目院長なんだけどさ、そいつの話だと、昔は旦那にポルノ写真を渡して……」

「また、もっともらしいことを言う」

見城は眉《まゆ》に唾《つば》をつける真似《まね》をした。

「嘘《うそ》じゃねえよ。できるだけ新鮮なザーメンじゃねえと、精子の数が少ない場合は受精しないんだってさ」

「それはそうだろうな」

「といって、誘拐組織が超エリートたちにマスターベーションをさせてるとは思えねえ。おそらくスキンを装着させて、セクシーな女たちを与えてるんじゃねえの？　そんでもってさ、すぐに精液を冷凍保存して、才女たちの妊娠可能期にスポイトか注射器で注入してるんだろう」

「ああ、考えられる。問題は羽根木努が尻尾《しっぽ》を出してくれるかどうかだな」

「しつこくマークしつづけてりゃ、そのうち尻尾を出すんじゃねえか」

百面鬼がそう言って、左手首のオーデマ・ピゲに目をやった。

「何か女と約束してるようだな？」

「元婦警のランジェリーパブの彼女に、少しまとまった金を渡して別れようと思ってんだ。悪い娘《こ》じゃなかったけど、そろそろ汐時《しおどき》だと思ってさ。おれなんかといつまでもつき合ってても、あの娘《こ》のためにならねえしな」

「カッコいいこと言ってるが、フラワーデザイナーと桃子で手一杯になったんじゃないの？」

見城はストレートに言った。

「まあな」

「そろそろ出ようか」

「そうだな」

百面鬼が先に立ち上がった。

二人は一緒に喫茶コーナーを出て、エレベーターホールに向かった。コーヒー代を払ったのは見城だった。

二人は駐車場で別れた。

見城は車を大蔵省に向けた。目的の場所に着いたのは三時半近かった。羽根木は銀行局に属していた。

見城は銀行局のある階までエレベーターで上がった。ホールに降りると、羽根木が誰かと廊下で立ち話をしていた。

なんと相手は、丸菱物産の桂篤人だった。殺された美人放送記者の恋人である。

大蔵省には民間の金融機関の者たちが、よく出入りしている。しかし、商社マンが直《じか》に大蔵省を訪ねることは珍しい。

見城は物陰に隠れて、二人の様子をうかがった。

だいぶ親しそうだった。少し経つと、羽根木は自分の執務フロアに足を向けた。桂はエレベーターホールにたたずんでいた。

「やあ、どうも！」

見城は桂に声をかけた。桂が一瞬、なぜだか狼狽《ろうばい》した。

「立ち話をされてた方は、大蔵省の人ですよね？」

「ええ」

「商社の方が大蔵省におられるんで、ちょっと意外な気がしましたよ。通産（現・経済産業）省あたりなら、珍しくないんでしょうがね」

「さっきの方は、個人的な知り合いなんですよ」

「大学が同じなのかな？」

「いいえ、そうじゃありません。趣味の香道で、同じ先生に教わっているんですよ。そんなことで、多少のつき合いが……」

「香道といえば、月村議員の秘書の水谷華代さんも習ってたんじゃなかったかな？」

見城は探《さぐ》りを入れた。

「そうなんですか。それは、まったく知りませんでした。香道の家元は華道や茶道ほどは多くないんですが、それでも東京に何人かいます」

「そう。桂さんは、どちらの家元に？」

「京極流《きょうごく》です」

「男のお弟子さんは、そう多くないんでしょ？」

「ええ、まあ。香道のことより、その後、捜査のほうはいかがです？　昨夜《ゆうべ》、深雪の夢を見たんですよ。夢の中で、彼女、とても無念そうな顔をしてました」

「そうですか。早く被害者の方たちを成仏《じょうぶつ》させてやりたいんですが、捜査が厚い壁にぶつかってしまいましてねえ」

「そうなんですか」

桂が落ち着きのない目で、わざとらしく階数表示ランプを見上げた。

なぜ桂は、うろたえたのか。見城は、そのことに引っかかった。

桂は、恋人の死に何らかの形で関与しているのか。深雪殺しの実行犯ではないはずだ。犯人と考えられる三人組に何か情報を流していたのだろうか。

エレベーターが停まった。

「ちょっと先を急ぎますので、失礼します」

桂がそう言い、あたふたとエレベーターの函《ケージ》に乗り込んだ。すぐに扉が閉まった。

ホールの隅《すみ》に、休憩所があった。

見城はそこまで大股《おおまた》で歩き、白坂朋子の自宅に電話をかけた。先方の受話器は、スリーコールで外れた。

「おれだよ。ちょっと確認したいことがあるんだ。水谷華代は香道を通じて羽根木努と親しくなったって話だったよね？」

「知り合いの議員秘書は、そう言ってたわ」

「流派名は？」

「そこまでは教えてもらわなかったけど、必要なら、電話で訊いてみてもいいわよ」

朋子が言った。

「悪いが、そうしてくれないか」

「いいわ。いま、ご自宅？　それとも、車の中？」

「外なんだ。五、六分経ったら、こっちからコールするよ」

見城はいったん電話を切って、時間を遣《や》り過ごした。

ふたたび朋子の家に電話する。ワンコールで、電話は繋がった。

「京極流だそうよ」

「やっぱり、そうか」

「ね、調査で意外なことがわかったの？」

「今度会ったときに、ゆっくりと話すよ。ゴールドのリングを引っ張りながらね」

見城は電話を切ると、エレベーター乗り場に向かった。羽根木を付け回す前に、桂に揺さぶりをかける気になったのだ。

2

退社時刻を過ぎている。

もう午後六時十分過ぎだった。だが、桂はいっこうに姿を見せない。残業なのか。

見城は、丸菱物産本社ビルの表玄関と裏の通用口の両方が見える場所に立っていた。

四つ角のあたりだった。右手に表玄関、左手に通用口がある。

まさか桂が大蔵省から、まだ帰社していないなどということはないだろう。

見城は、ふと不安になった。BMWは、すぐ近くに駐《と》めてあった。

車に大急ぎで戻り、丸菱物産本社に電話をかけた。代表番号だった。電話を北米二課に回してもらう。

「桂さんをお願いします」

「申し訳ございません。桂は早退《はやび》けさせていただきました」

若い男が言った。

「そうなんですか。どこか具合が悪くなられたのでしょうか？」

「はい。風邪《かぜ》気味で調子が悪いと申しまして、出先から直帰いたしました」

「そうなのか。実はわたし、警視庁捜査一課の中村といいます」

見城は言い繕《つくろ》った。

「警察の方が桂にどのような……」

「桂さんが交際されていたテレビ局の記者が殺害された事件は、ご存じでしょう？」

「ええ、知っています。桂は、だいぶショックを受けていました」

「その事件で、桂さんにお目にかかりたかったんですよ。桂さんのご自宅の住所をメモした手帳をうっかり忘れてしまったんです。住所、教えていただけますか？」

「少々、お待ちください」

相手が電話を保留にした。少しも訝《いぶか》しがらなかった。

一分ほど待つと、ふたたび男の声が電話の向こうから響いてきた。桂の住まいは練馬区大泉《おおいずみ》にあった。マンション住まいだ。電話番号も教えてくれた。

「どうも申し訳ありません。助かりました」

見城は礼を言って、電話を切った。

すぐに桂の自宅に電話をかける。留守録音モードになっていた。見城は無言で通話終了ボタンを押した。車のドアをロックし、丸菱物産本社の表玄関に向かう。受付には、初老の守衛がいた。

見城は刑事を装い、田島常務との面会を求めた。

守衛が内線電話で連絡を取った。面会は許された。見城は常務室に急いだ。田島は快く部屋に迎え入れてくれた。

ひとり掛けの応接ソファに坐《すわ》るなり、見城は口を開いた。

「実は、北米二課の桂さんのことで二、三、うかがいたいことがありまして」

「桂君、いえ、うちの桂が何か法に触《ふ》れるようなことをしたのでしょうか？」

「そんなことはないと思うんですが、少し気になることがありましてね」

「気になることとは？」

田島が問いかけてきた。

「あなたは、桂さんに香道の嗜《たしな》みがあるのをご存じでした？」

「ええ、そのことは知っています」

「水谷華代さんも香道を嗜まれてたようなんですよ」

「それは知りませんでした」

「そうだ、月村議員は三億円の闇献金を二重取りしたことを認めましたよ」

「そうなんですか。ひょっとしたらという疑いがなくもなかったのですが、やっぱり……」

「しかし、月村議員はその後の五億円は強奪させてないと強く主張しています」

「それじゃ、誰が横奪《ど》りしたのでしょう？」

「黒幕はわかりませんが、闇献金の運び屋だった水谷華代が狂言を演じたことは間違いなさそうです」

「ええっ」

「水谷華代の恋人の羽根木努という大蔵省のエリートも、香道を嗜んでるんですよ。二人は、同じ家元の流派だったことから親しくなったようです」

「その羽根木という男が、月村先生に渡すことになっていた五億円を『タントラ原理教』の元信者を装った三人組に強奪させたのですか？」

「その疑いが濃いんですよ」

見城は言った。

「あのときの強奪事件に、まさか桂も関与していると……」

「おそらく事件そのものには関わってないでしょう。しかし、桂さんは羽根木に何か協力しているようなんですよ。実はきょうの三時過ぎに、桂さんは大蔵省で羽根木と何かひそひそ話をしてたんです」

「北米二課は、大蔵省とは関係ありませんがね。趣味の香道を通じて、二人は知り合ったんでしょうか？」

「桂さんはそう言ってましたが、彼はわたしを見て、はっきりと狼狽したんですよ。少し前に北米二課で確認したんですが、彼は大蔵省から会社に戻らずに早退けしたんです」

「早退けですか」

田島が唸《うな》るように言った。

「ええ。同僚には風邪気味だと言ったそうです。しかし、練馬の自宅には帰ってないんですよ」

「そうですか」

「桂さんは、何か後ろ暗いことをしてたんじゃないでしょうか？」

「真面目な男ですので、人に後ろ指を差されるようなことはしてないと思いますが。ただ、どうしてだか、彼は不法滞在のアジア系外国人を嫌っていましたね」

「右寄りの思想に凝《こ》り固まってたのかな」

見城は煙草に火を点けた。

「いいえ、そういうことは感じられなかったですね。思想的には中立だと思いますよ。ですが、不法滞在者たちには嫌悪感を示してました」

「何か不快な思いをさせられたことでもあるんだろうか」

「そうなのかもしれません」

田島が相槌を打った。

桂は不法滞在者と何かトラブルを起こして、法に触れるような仕返しをしたのだろうか。その現場を羽根木に見られてしまって、何かを強《し》いられたのかもしれない。

見城は、そう推測した。

「こんなことを言うと、桂には不利になるんのでしょうが、彼はちょっと激しやすい性格なんです。何年か前に前任の課長に仕事のミスを咎《とが》められたとき、とっさに机の上にあったクリスタルの灰皿を振り上げたんですよ」

「そうですか」

「ふだんは穏《おだ》やかなんですがね」

田島が口を結んだ。

見城は煙草の火を消し、礼を言って立ち上がった。丸菱物産本社ビルを出て、車に乗り込む。シートベルトを掛けたとき、松丸から電話があった。

「少し前に、羽根木努って奴の部屋の電話引き込み線に例の物をセットしたっすよ」

「ご苦労さん！　月村と水谷華代のとこに仕掛けた盗聴器は？」

「回収しました」

「すぐ上高田に行くつもりだったんだが、先に大泉に行かなきゃならなくなったんだ。何か用があるんだったら、そこで張り込んでなくてもいいよ」

「別に用はないっす。見城さんがこっちに来るまで、おれ、いますから」

「それじゃ、よろしく！」

見城は通話を切り上げた。

ほとんど同時に、電話が鳴った。発信者は誰なのか。

「わたし……」

里沙だった。震え声だ。

「誰かに脅されてるんじゃないのか。きみの自宅に、誰がいるんだ？」

「宅配便の配達員を装った男が部屋の中に押し入ってきて……」

「そいつに替わってくれ」

見城は早口で言った。待つほどもなく、男の低い声が流れてきた。

「いい女だな。いま、どこにいる？」

「丸の内だ。すぐそっちに行くから、女には指一本触れるな」

「早く来い」

電話が切られた。

見城は、すぐさま百面鬼の携帯電話を鳴らした。百面鬼は新宿にいた。見城は、里沙の部屋に男が押し入ったことを手短に話した。

「オーケー、おれが先に行って、その野郎を取っ捕まえてやらあ」

百面鬼が慌《あわ》ただしく電話を切った。

見城はＢＭＷを急発進させた。道路は、だいぶ渋滞していた。もどかしかった。

里沙のことを思うと、胸が張り裂けそうだった。部屋に押し入った男は、刃物で里沙を脅しているにちがいない。好色だったら、里沙をレイプする気になるのではないか。そんなことになったら、彼女は深く傷つくだろう。

見城は焦躁感にさいなまれはじめた。

強引な追い越しを繰り返し、ひたすら先を急ぐ。それでも、参宮橋まで一時間近くかかってしまった。里沙のマンションの前には、百面鬼の覆面パトカーが駐めてあった。

見城は覆面パトカーの後ろにＢＭＷを駐め、里沙の部屋に急いだ。

ドア越しに、百面鬼の大声が聞こえた。どうやら犯人を取り押さえてくれたらしい。

見城は部屋の中に躍《おど》り込んだ。

ダイニングテーブルのかたわらに、二十七、八歳の男が這《は》わされていた。百面鬼は、男の頭髪を鷲摑《わしづか》みにしている。

「ありがとうな、百《どう》さん」

見城は礼を述《の》べ、里沙の名を呼んだ。奥から里沙が現われた。衣服は乱れていなかった。

「怖かったわ」

「すまない。何かされなかったか？」

「ナイフを突きつけられただけよ」

「よかった。ちょっと奥にいてくれないか」

見城は言った。

里沙がうなずき、奥に引っ込んだ。見城はウッディフロアに上がるなり、男の顔面を蹴《け》りつけた。男が呻《うめ》いた。狙《ねら》ったのは眉間《みけん》だった。すぐに鼻血が滴《したた》りはじめた。

「この野郎、口を割らねえんだよ。里沙ちゃんの部屋じゃなかったら、取り上げたナイフで耳を削《そ》ぎ落としちまうんだがな」

百面鬼が折り畳み式のナイフを左手の掌《てのひら》の上で弾《はず》ませた。見城は、そのフォールディング・ナイフを掬《すく》い上げた。

刃を起こし、男の頰《ほお》に寄り添わせる。男が全身を強張《こわば》らせた。

「何者だ？」

見城は声を張った。返事はなかった。

「ヤー公じゃなさそうだな。誰に頼まれたんだっ。羽根木努か？」

「…………」

「その気なら、仕方がない」

見城はナイフの角度を変え、一気に滑《すべ》らせた。男が凄《すさ》まじい悲鳴をあげた。頬《ほお》に赤い線が走っている。鮮血だ。

傷の深さは一センチ弱だろう。それでも、男は呻きつづけた。

「質問に答えなきゃ、片方の耳を削ぎ落とすぞ」

「や、やめてくれ。羽根木さんに頼まれたんだよ、あんたを殺してくれってな。それから、殺す前に綿引映美って女の居所を吐《は》かせろとも言われたよ」

「羽根木は『敷島の会』のメンバーなんだろう？」

「…………」

「どうした、急に言葉を忘れちまったか？」

見城は切れ長の左目を眇《すが》め、ナイフの切っ先を頸動脈《けいどうみやく》に当てた。

男は何か言いかけたが、すぐに口を噤《つぐ》んだ。

「返り血なんか浴びたくないが、仕方ないだろう」

「そ、そうだよ。羽根木さんは『敷島の会』のメンバーなんだ」

「おまえもメンバーなんだろう？」

「おれは会員じゃない。ただ、うちの親父が羽根木さんの実家の羽根木神社の氏子《うじこ》総代をやってるんで、あの人の頼みを断れなかったんだ」

「おまえの名は？」

「鹿島司郎《かしましろう》だよ」

「仕事は？」

「長距離トラックに乗ってる」

「羽根木たちは何を企《たくら》んでるんだっ」

「知らない、おれは。か、顔が痛くて、もう喋《しゃべ》れないよ」

「桂篤人という名に聞き覚えはあるか？」

見城は訊いた。

鹿島と名乗った男が、無言で首を横に振った。血の雫《しずく》が飛び散った。顎《あご》の下まで血の条《すじ》が這っている。

「『敷島の会』の会長は誰なんだ？」

「し、知らないんだ。ううーっ、痛い。会長も会員も暗号名を使ってるようだよ。羽根木さんが、いつかそう言ってた」

『敷島の会』の本部は、どこにあるんだ？」

「おれは行ったことないけど、国分寺《こくぶんじ》市の西町《にしまち》にあるって話だったよ」

「正確な番地は？」

「わからない。でも、神社の社殿のような造りの建物らしいから、行けば……」

「そうだな」

見城は短く応じ、百面鬼に顔を向けた。

「こいつの身柄《ガラ》を所轄署に引き渡してくれないか」

「わかった。ひとりで『敷島の会』の本部に乗り込む気なんじゃねえだろうな？」

「今夜は偵察に行くだけだよ」

「ほんとだな？」

百面鬼が疑わしそうな目を向けてきた。

見城は大きくうなずき、ハンカチで血塗《まみ》れのナイフの柄を拭《ぬぐ》った。それから彼は、鹿島にナイフの柄を握らせた。

「おまえは箔《はく》をつけたくて、自分の頰を斜《なな》めに斬《き》った。所轄署で、そう言うんだ。いいな！」

「そ、そんなこと……」

「おれのことを喋《しゃべ》ったら、後ろにいる新宿署の旦那《だんな》に協力してもらって、殺人未遂罪も加えさせるぞ。そうなりゃ、まず四年以上の実刑を喰《く》らうことになるだろう」

「わ、わかったよ」

鹿島が弱々しく言った。

百面鬼がにやりとし、鹿島に後ろ手錠を打った。見城は目で笑い返し、奥にいる里沙の所に行った。

里沙はベッドに浅く腰かけていた。

「何か手荒なことをしたようだけど、大丈夫なの?」

「百《どう》さんがうまく処理してくれるさ。それより今夜は大事をとって、どこかホテルに泊まったほうがいいな。どのホテルにする?　チェックインを見届けたいんだ」

「わたし、ひとりで大丈夫よ。あなたは『敷島の会』とかに行くんでしょ?」

「そうなんだが……」

「なら、そこに行って。ね、その会は何なの?」

「民族派どもの秘密結社らしいんだが、まだよくわからないんだ」

「『敷島の会』が今度の事件に関わってるの?」

「ああ、おそらくな。事件の片がついたら、ちゃんと説明するよ。里沙のことが心配だが、行かせてもらうな」

見城は軽く手を挙《あ》げ、百面鬼より先に里沙の部屋を出た。

3

奇妙な形をした建物だった。

屋根は神社の社殿と同じ形だ。屋根の下は箱型で、ほとんど窓はなかった。

秘密結社『敷島の会』の本部である。住宅街の一角にあった。敷地は五、六百坪はありそうだ。庭木が多い。

見城は生垣《いけがき》の隙間《すきま》から、広い庭を覗《のぞ》いた。

建物の斜め前に、五台の車が見える。見覚えのあるレンジローバーもあった。鉄の門扉《もんぴ》は閉《と》ざされていた。

見城は、あたりをうかがった。

人影は見当たらない。見城は素早く生垣を乗り越え、敷地内に忍び込んだ。姿勢を低くして、奇妙なデザインの建物に近づく。

誰も出てこない。

見城は足音を殺しながら、建物の周《まわ》りを慎重に巡《めぐ》った。

窓は、わずか三つしかなかった。コンクリートの壁も厚い。まるで要塞《ようさい》のような造りだ。二階建てだった。階上に、小さなバルコニーがあった。そこには、金属のパイプ状の手摺《てすり》が付いている。

見城は焦茶《こげちゃ》のレザーブルゾンの前を開け、腰に巻きつけてあった登山用のザイルを外した。先端には錨《いかり》の形をした鉤《かぎ》が括《くく》りつけてある。

手製のグラップリングフックだった。幼児の頭ほどの大きさだ。

見城はブルゾンの両ポケットから革手袋を摑《つか》み出し、手早く両手に嵌《は》めた。

建物から充分に離れ、グラップリングフックの付いたザイルを下から投げ上げた。錨の形をした鉤は、バルコニーの手摺をしっかりと嚙《か》んだ。

見城はザイルの緩《ゆる》みを取りながら、外壁に近寄った。

ザイルを両手で引きながら、ぶら下がってみる。手摺のパイプは、体重に耐えられそうだ。見城はザイルを使いながら、外壁をよじ登りはじめた。

バルコニーに這い上がるまで、ほんの数秒しかかからなかった。ザイルを取り込み、グラップリングフックも外す。

見城はザイルを束《たば》ね、錨型の鉄のフックを片手に提《さ》げた。いざとなったら、それを武器にする気だ。見城はバルコニーから室内に入るドアのノブに手を掛けた。意外にも、ロックされていなかった。

見城はドア・ノブを静かに回した。

細くドアを開け、耳を澄ます。電灯は点いているが、人の気配は感じられない。

見城は室内に忍び入った。

すぐ左側に、剣道の道場そっくりのスペースがあった。大きな神棚があり、壁に標語が掲《かか》げてあった。

〈崇高《すうこう》な大和　魂《やまとだましい》を取り戻すためには不純分子である犯罪者、非行グループ、路上生活者、不法滞在外国人などを一掃《いっそう》しなければならない。抹殺《まっさつ》目標百二十万人！〉

畳一枚分の白い和紙に、血文字で記《しる》してあった。

やはり、予想した通りの秘密結社だった。見城は、狂気に満ちたスローガンに粟立《あわだ》つものを覚えた。危険な思想の根っこは、ユダヤ人を大量虐殺したヒトラーとなんら変わらない。早くビッグボスを闇《やみ》の奥から引きずり出さないと、また多くの犠牲者が出ることになるだろう。

見城は抜き足で道場のような広い部屋を出た。

廊下は明るかった。少し先の部屋から、キーボードを叩《たた》く音が響いてきた。誰かがパソコンを操作しているようだ。

見城は、音のする部屋まで歩いた。

ドアは半開きだった。中を覗くと、六台のパソコンが並んでいた。左側から二番目のパソコンデスクに、セーター姿の若い男が向かっていた。

後ろ向きだった。体つきは、まだ若い。

ディスプレイには、暗号名と男女の姓名が映っていた。会員たちの名だろう。見城は男の背後に迫り、グラップリングフックを頭上に振り翳《かざ》した。

男が気配で、回転椅子《いす》ごと振り返った。

「騒ぐと、こいつで顔を穴だらけにするぞ」

「あ、あなたは誰なんです？」

「名乗るほどの者じゃない。いま、ディスプレイに映ってるのは『敷島の会』の会員名簿だな？」

「えーと、なんというのか……」

「それじゃ、答えになってない」

見城は言いながら、錨の形をした鉄鉤を一段と大きく振り上げた。

「待って、待ってください。ええ、そうです。会員名簿ですよ」

「会員数は？」

「約三千名です」

「会長は誰なんだ？」

「それはちょっと……」

「脳天に穴をあけてやろう……」

「やめてください。こ、この通りですから」

男が両手を合わせ、ぺこぺこ頭を下げた。

「誰なんだっ」

「伊豆山彦左《いずやまひこざ》先生です」

「民自党の伊豆山か、通産大臣や法務大臣を務めたベテラン議員の」

「そ、そうです」

「確か伊豆山は五年前に舌禍《ぜっか》事件を起こして、政界を引退したんだったな？」

「はい。伊豆山会長は、正直に本音《ほんね》を新聞記者に喋っただけなんです」

「しかし、軍国主義国家の蛮行《ばんこう》をあんなふうに正当化したら、侵略された国の連中が怒るのは当然だろう」

「蛮行に走ったのは、ごくごく一部の軍人だけなんです」

「そっちと議論してる時間はない。会員たちの名前を流せ！」

見城は椅子を回し、男を前に向き直らせた。

男が渋々、命令に従った。会員たちの氏名が次々に画面に映し出された。

民族派の政財界人の名が幾つもあった。驚くことに、世間では進歩派文化人と思われている言論人、俳優、学者などの名も混じっていた。

「民族浄化計画を立てたのは、伊豆山の爺《じい》さんなのか？」

「それは幹部たち二十人の総意で……」

「実行部隊の指揮官が大蔵省の羽根木努ってわけか」

見城は言った。男の青白い顔に、驚愕《きょうがく》の色が宿った。

「なぜ、そんなことまで知ってるんです⁉」

「図星だったか。当てずっぽうだったんだがな。そのメモリーを寄越《よこ》せ！」

「これだけは渡せません」

「寄越さなきゃ、そっちの頭は穴ぼこだらけになるぜ」

「わかりました、わかりましたよ」

男はやけになった口調で言い、パソコンからメモリーを抜き取った。

見城はメモリーを奪い取り、レザーブルゾンの左ポケットに入れた。

その直後だった。誰かが部屋に入ってきた。見城は振り返った。

レミントンM870を腰撓《こしだ》めに構えた羽根木努が立っていた。十二ゲージのポンプ式ショットガンだ。

「手に持ってる物を足許《あしもと》に捨てるんだっ」

「わかった」

見城は鉄鉤を床に落とし、ザイルの束も捨てた。若い男がすぐに椅子から立ち上がり、見城のブルゾンの左ポケットを探った。

「何をしてるんだ?」

羽根木が若い男に声をかけた。

「こいつに、会員名簿の入ったメモリーを奪われたんです」

「早く取り戻せ」

「はい、いますぐ……」

男がポケットから、メモリーを抜き取った。

「見城とかいう探偵屋だなっ」

「そうだ」

「どこから侵入したんだ？　二階のバルコニーだな？」

羽根木が確かめるような口調で問いかけてきた。

「まあな。おまえらが一連の事件を起こしたのは、もうわかってるんだっ」

「一連の事件？」

「白々しいぜ。レストランシップのホール爆破、歌舞伎町の組事務所襲撃、不法滞在外国人への無差別乱射、地下鉄駅の毒ガス散布、東都テレビの雨宮深雪と栗林道殺し、水谷華代の殺害、それから『タントラ原理教』の残党の仕業《しわざ》に見せかけた五億円の闇献金の横奪《ど》り、三百三人のインテリ女性の拉致、高萩うららを惨殺したのも、てめえらだろうが！」

「身に覚えのない話ばかりだな」

「まあ、いいさ。おれが集めた証拠は、もう知り合いの刑事に渡してある」

「何も証拠なんか残さなかったはずだっ」

「おい、引っかかったな。大蔵省のエリートも、たいしたことないね」

見城は、せせら笑った。羽根木が整ったマスクを引き攣《つ》らせ、大声で喚《わめ》いた。

「こっちに来い！　パソコンルームから出るんだっ」

「エリートなら、もう少し冷静になれよ」

見城は皮肉たっぷりに言い、パソコンの並んだ部屋から出た。

羽根木が抜け目なく見城の背にショットガンの銃口を突きつけた。見城は命じられるままに、階下に降りた。

連れ込まれたのはサロン風の大広間だった。

乳白色のシャギーマットの上に、全裸の老人が横たわっていた。伊豆山だった。七十四歳だったか。伊豆山の皺《しわ》だらけの体には、染《し》みが点々と散っていた。

伊豆山の周《まわ》りには、白い古代服のようなローブをまとった若い女が三人いた。

三人とも、ローブの下には何も身につけていない。股間《こかん》の翳《かげ》りが透《す》けて見える。悩ましかった。

「何の騒ぎだ？」

伊豆山が女の細い足首を撫《な》でながら、羽根木に問いかけた。肉の削《そ》げた顔に、ぎらついた目が何ともアンバランスだった。

「われわれのことを嗅《か》ぎ回ってた探偵犬が忍び込んだんです」

「探偵犬か。犬なら、舐《な》めるのが好きだろう？」

「そうでしょうね」

「ここにいる三人の娘さんたちは、わしの体を代わる代わる舐めてくれた。しかし、わたしは息切れして満足にお返しもできない」

「それでしたら、この探偵犬に彼女たちに奉仕させましょうよ」

羽根木がそう提案して、銃口で見城の背を突いた。

見城は女たちの前にひざまずかされた。

「彼女たちの足の指から性器まで、順番にひとりずつ舐めてやれ。心を込めてな」

羽根木がサディスティックに命じた。

ちょっと屈辱的だが、情事代行のバイトと思えばいい。

見城は、左端にいる女の右足に舌を滑らせはじめた。

指の股を舌の先でくすぐると、女は喘《あえ》ぎだした。舌が徐々に上に這い上がるにつれ、喘ぎ声は高くなった。はざまに舌を進めると、喘ぎは淫らな呻《うめ》きに変わった。女の秘部は、熱い潤《うる》みを湛《たた》えている。

見城は舌を躍《おど》らせつづけた。

ほどなく女は立ったまま、極みに達した。迸《ほとばし》った悦楽の声は長く尾を曳《ひ》いた。

「ほう、たいしたもんだ」

伊豆山が感嘆の声をあげた。

見城は高度な舌技で、後の二人の女も絶頂に導《みちび》いた。最後の女は裸身を鋭く震わせながら、尻餅《しりもち》をついてしまった。

そのすぐ後、見城は首の後ろに何か尖《とが》った物を撃ち込まれた。体に激しい電気ショックを覚えた。目も見えなくなった。

見城は前のめりに倒れながら、顔を横に向けた。

羽根木がダーツ式の高圧電流銃《スタンガン》を握っていた。テイザーガンと呼ばれているワイヤー付きのスタンガンだ。アメリカの警官たちはテイザーガンを携行《けいこう》している。

「お寝《やす》み！」

羽根木が嘲笑《ちようしよう》した。

ほとんど同時に、見城は意識がなくなった。

4

我に返った。

真っ暗で何も見えない。土の湿った匂《にお》いと異臭が鼻を衝《つ》く。

見城は上体を起こし、レザーブルゾンのポケットからライターを掴み出した。

点火した瞬間、声をあげそうになった。二メートルほど離れた場所に、若い女の死体が折り重なっていた。三体だった。

腐敗しはじめている。三体とも下着姿だ。

行方不明になった女たちの成《な》れの果《は》てなのか。深い穴の底だった。

深さは五メートル近かった。見城は立ち上がって、三つの死体に近づいた。死臭がきつい。見城は息を詰め、屈《かが》み込んだ。

揃《そろ》って首に絞殺痕《こん》が見える。痛ましかった。拉致された知性的な美女たちだろう。

ライターが熱を帯びはじめた。

見城は火を消し、暗がりの底で合掌《がっしょう》した。

口許が薬品臭かった。テイザーガンで撃たれた後、麻酔液を嗅《か》がされたにちがいない。

ここは、どこなのか。見城は耳に神経を集めた。かすかに葉擦《はず》れの音がする。音は幾重《いくえ》にも重なっていた。樹木の多い場所であることは確かだ。

見城はふたたびライターの火を点けた。

腕時計を見る。午前一時四十分だった。

見城は穴の直径を目で測《はか》った。

優《ゆう》に二メートルはありそうだ。もっと狭ければ、両足を穴の断面に掛けて脱出することができるだろう。しかし、この直径では両足を掛ける前に尻から落ちてしまうはずだ。

とにかく落ち着こう。

見城は自分に言い聞かせ、所持品の有無を確認した。

何も奪われていなかった。運転免許証、財布、携帯電話、ＢＭＷと部屋の鍵《かぎ》もポケットの中にあった。

見城は穴の地質を検《しら》べた。

それほど固くはない。試《ため》しに靴の先で小さく土を蹴りつづけると、窪《くぼ》みが生まれた。穴は完璧《かんぺき》な円筒形に掘られてはいない。わずかながら、擂鉢《すりばち》状になっている。

これなら、穴から出られそうだ。

見城はベルトを外し、バックルで穴の断面に足場をこしらえはじめた。

ロック・クライミングの要領で、少しずつ登っていく。手探《てさぐ》りで足場を作りながら、なんとか穴から這い出した。

森の中だった。ひんやりとしている。明らかに国分寺とは陽気が異なる。どこか山の中に運ばれたようだ。

影絵のように見える樹木の向こうに、かすかな灯《ひ》が見える。見城は警戒しながら、灯《あか》りの見える方向に歩きだした。

寒気が鋭い。

吐く息は、綿菓子のように白く固まった。夜気《やき》は、まるで刃《やいば》だった。それでも穴の底で死臭を嗅《か》がされているよりは、はるかにましだ。空気がうまく感じられる。

数百メートル歩くと、要塞《ようさい》のような建物が見えた。といっても、地表から二メートルほど頭を出しているだけだ。

建物の上には土が盛られ、灌木《かんぼく》で覆われていた。電灯の光が零《こぼ》れていなければ、そこに建造物があるとは誰も気づかないだろう。『敷島の会』の秘密施設と思われる。

見城は建物に接近した。

表に見張り番の姿はなかった。出入口は二カ所あった。表玄関には灯《ひ》が見えるが、裏の出入口は暗かった。

見城は裏手に回った。

ドアに耳を押し当てると、男の鼻歌が聞こえた。監視の男だろう。

見城はスチールのドアを拳《こぶし》で叩《たた》いた。

すぐに鼻歌が熄《や》んだ。ドアが開き、五分刈りの男が首を突き出した。

壁にへばりついていた見城は、男の首筋に手刀打《しゅとう》ちを浴びせた。男が膝《ひざ》から崩れた。

すかさず見城は男の顎《あご》の関節を外し、雑木林《ぞうきばやし》の中に引きずり込んだ。当て身をたてつづけに二発見舞うと、男は気を失った。

見城は男のベルトを抜き取り、後ろ手に縛《しば》った。それから泥塗《まみ》れの自分のベルトで、男の両足を括《くく》った。

男のポケットには、グロック17が入っていた。

オーストリア製の自動拳銃《けんじゅう》だ。性能の良さでは定評がある。

見城はグロックを奪い、銃把《グリップ》から弾倉《マガジン》を引き抜いた。ライターの炎で、装弾数を確かめる。九ミリ弾が五発残っていた。

弾倉を銃把に戻し、見城は中腰で建物に走り寄った。

グロック17を構えながら、裏口から忍び込む。回廊があり、建物の中心部に地下室に通じる階段があった。

見張りはどこにもいない。見城は階段を忍び足で降りた。

地下室は総合病院のような造りだった。廊下の向こうに、白い古代服のような衣裳《いしょう》をまとった若い女が立っていた。伊豆山に侍《はべ》っていた三人のうちのひとりだった。

女は金属製の特殊棍棒《こんぼう》を握っていた。見張りに立っていると思われる。

見城は、ひとまず近くの部屋に身を隠した。

そこには、誰もいなかった。大型冷凍庫が十台近く並び、庫内には凍結された精液がびっしり詰まっていた。

試験管にはラベルが貼《は》られ、提供者《ドナー》の氏名、年齢、ＩＱなどが克明《こくめい》に記《しる》されている。精子提供者はノーベル賞受賞物理学者をはじめ、〝日本の知性〟とも言うべき各界の指導者ばかりだった。

『敷島の会』の伊豆山会長は提供者たちに多額の礼金を払い、セクシーな女たちと交わらせたのだろう。もちろん、スキンを使わせたはずだ。

そうして採取した超エリートたちの子種《こだね》を拉致したインテリ女性たちの子宮に送り込み、エリートたちの子供たちを産ませる気なのだろう。いずれは、そういう子供たちに歪《ゆが》んだ民族向上運動を引き継《つ》がせる気でいるのかもしれない。

見城は五十枚ほどのラベルを爪《つめ》で剝《は》がし、スラックスのヒップポケットに突っ込んだ。

精子提供者たちを強請《ゆす》れると判断したのである。試験管は四百本前後あったが、すべてのラベルを剝がす時間はなかった。

見城は部屋のドアを細く開け、廊下をうかがった。

特殊棍棒を持った女の姿はなかった。見城は廊下に出て、隣室に移った。

両開きの扉には、矩形《くけい》の覗き窓があった。そこから、部屋の中を覗き込む。体育館ほどの広さで、夥《おびただ》しい数のベッドが縦に並んでいる。

ちょうど十列だった。一列にベッドは十床あった。百人の若い女たちがベッドに腰かけたり、横たわったりしている。

下腹が迫《せ》り出した者が目立つ。身籠《みごも》っているのだろう。腹の出具合はまちまちだ。

監視らしい者はいなかった。その理由は、すぐにわかった。どの女も右の足首に鎖付きの鉄の球《たま》を括《くく》りつけられていた。ボウリングボールほどの大きさだった。

あれでは、逃げるに逃げられないだろう。彼女たちは拉致された知性派美人たちにちがいない。

見城は片側の扉をそっと押し開けた。

女性たちの視線が一斉に注がれた。見城は唇に人差し指を当て、美女たちに目で笑いかけた。彼女たちの表情から、警戒の色が消えた。

「みんな、拉致されてきたんだね？」

見城は手前のベッドにいる髪の長い二十六、七歳の女に声をかけた。

「ええ。あなたは誰なんですか？」

「怪しい者じゃない。きみらと同じように、おれも捕《つか》まったんだ」

「男性のあなたが、なぜ？」

「きみらを誘拐した秘密結社のことを調べてて、敵の手に落ちてしまったんだよ。こっちは私立探偵なんだ。きみらは人工的に妊娠させられたんだね？」

「ええ、麻酔で眠らされている間に勝手に精液を注入されて」

女が下唇を嚙んだ。

「拉致された女性たちは全員、この建物の中にいるのかな？」

「はい、隣室とその向こうの部屋にいます。何日か前までは三百三人いたんですけど、ひとりは脱走しようとして、どこかに連れていかれました」

「その女性は、高萩うららという名の物理学者でしょ？」

「ええ、そうです。どうしてご存じなんですか⁉」

「美人物理学者は、檜原村の山の中で死体が発見されたんだ」

見城は答えた。

どよめきが起こった。泣きだす者もいた。

「それから、さっき数百メートル離れた穴の中で、絞殺された三人の女性の死体を見たよ。こっちはその穴に投げ込まれたんだが、這い出してきたんだ」

「その三人は妊娠能力がないということが判明して、やはり隣の部屋から連れていかれたんです。三人がいっこうに戻ってこないので、殺されたのかもしれないという噂《うわさ》が……」

髪の長い女がうつむいて、目頭《めがしら》を押さえた。

すぐには喋《しゃべ》れない様子だった。見城は、別のショートヘアの女に話しかけた。

「そうすると、現在は二百九十九人の女性がここに監禁されてるんだね？」

「そうです」

「全員、妊娠させられてるのかな？」

「ええ。わたしたちは、ここで三年間のうちに最低二人の赤ちゃんを産まされようとしてるんです」

「ここには、産婦人科の医者がいるの？」

「男のドクターが三人います。それから、見張りを兼ねた看護師が五人と調理係の中年女性が四人います」

「見張りの男たちの数は？」

「顔ぶれは時々変わりますけど、常に七、八人はいます」

「その連中の部屋は？」

「わたしたちが監禁されてる三室の向こうに分娩《ぶんべん》室を兼ねた診察室と乳児室があるんですけど、その向こうの個室に三人のドクターがいるんです。その隣に看護師や調理のおばさんたちの部屋があって、見張りの男たちは浴室やトイレの向こう側の大部屋にいるはずです」

「後で、みんなを必ず救い出してやるからね。それまで、いつも通りに振る舞っててほしいんだ」

「わかりました」

「ところで、ここはどこなの？」

「正確な場所はわかりませんけど、群馬《ぐんま》県の榛名《はるな》湖の近くみたいですよ」

「そう。もうひとつ、教えてくれないか。ここに共進食品工業のバイオ研究所に勤めてる水無瀬千夏という女性がいると思うんだが……」

「彼女が水無瀬さんです」

相手がそう言い、髪の長い女を指さした。涙ぐんでいた女が顔を上げた。

「どうして、あなたがわたしの名を⁉」

「きみのことは、同僚の綿引映美さんから聞いたんだよ。実は、彼女も犯人グループに拉致されかけたんだ」

見城はそう前置きして、詳しいことを話した。調査依頼の内容も語った。

「それでは、すべての事件は『敷島の会』が……」

「物証がすべて揃ってるわけじゃないが、そう考えてもいいだろうね。これから、犯人グループの男たちを押さえる。それまで、もう少し辛抱《しんぼう》しててくれないか」

「はい」

水無瀬千夏がうなずいた。

見城は部屋を出ると、回廊を逆方向に進んだ。見張りの男たちがいるという部屋を探し当てたとき、けたたましく警報が鳴り響きはじめた。うっかり赤外線防犯センサーに触れてしまったようだ。

見城はグロック17のスライドを素早く引いた。

部屋から二人の男が血相を変えて飛び出してきた。賀来と福留だった。

賀来はベレッタPM12サブマシンガンを手にしていた。イタリア製の短機関銃だ。

撃たなければ、体を蜂《はち》の巣のようにされてしまうだろう。見城は片膝立ちの姿勢《ニーリング・ポジション》を取り、先に発砲した。

乾いた銃声が轟《とどろ》く。手首に反動《キック》が伝わってきた。

放った九ミリ弾は賀来の右肩に当たった。血の粒が飛ぶ。

賀来は短機関銃の銃口炎を赤く瞬《またた》かせながら、後方に倒れた。銃弾が天井の化粧板を穿《うが》った。ベレッタPM12は廊下の床に落ちて、一メートルほど滑った。福留が這って短機関銃を拾い上げようとする。

見城は二弾目を福留の尻に浴びせた。

福留は頭からスライディングする恰好《かっこう》で、廊下を滑走した。短機関銃は、だいぶ先まで滑っていった。

また、部屋から三人の男が飛び出してきた。神田の月極駐車場で見た男たちらしい。

ひとりは、ライフルを抱《かか》えていた。ドイツのヘッケラー&コッホ社のG3だった。ほかの男たちは、ともにコルト・ガバメントを握っていた。

G3から、七・六二ミリNATO弾が吐き出された。二十連マガジンを装備している。

見城は寝撃ちで、男の腰を狙《ねら》った。

命中した。男が踊るように体を半転させ、横に倒れた。

すると、後の二人が同時にコルト・ガバメントを吼《ほ》えさせはじめた。

四十五口径の銃声が重なった。凄まじい轟音《ごうおん》だった。だが、どちらの弾も的《まと》から逸《そ》れていた。

残りの二発で二人を倒せる自信はなかった。しかし、敵に背中を見せたら、むざむざと撃ち殺されることになるだろう。

見城は勝負に出た。

二人の右腕を狙う。運よくシュートできた。男たちが呻き、相前後して転がった。

そのとき、賀来がベレッタPM12サブマシンガンを左手で摑み上げた。いま撃たれた男のひとりも左手でコルト・ガバメントを拾いかけていた。

ひとまず退散したほうがいいだろう。

見城は拳銃を捨て、階段の所まで逃げた。

　そこには、最上段に古代服に似たローブを着た三人の女がいた。口唇愛撫を施《ほどこ》してあげた女たちだ。三人は金属製の棍棒を握っていた。

「おまえらには、貸しがあるよな。どいてくれ」

「そうはいかないわ」

　真ん中の女が険《けわ》しい顔つきで言った。

　女に手荒なことはしたくないが、仕方ない。見城は一気に階段を駆け上がった。真ん中にいる女が、上段から特殊棍棒を振り下ろした。

　見城は左腕で相手の利《き》き腕をブロックし、体落としをかけた。女は前のめりになって、階段の下まで転がり落ちていった。

　残りの二人は左右に逃げた。

　見城は女たちを目で威嚇《いかく》し、裏口から外に出た。

　少し経つと、賀来、福留らが追ってきた。三人とも銃器を左手に握っていた。血を流しながら、迫ってくる。

　見城は深い穴のある方に走った。

　と、前方から二つの人影が現われた。羽根木と桂だった。

　羽根木はレミントンM870ショットガンを持っていた。桂は丸腰だった。見城は前と後ろを塞《ふさ》がれ、動けなくなった。

「おまえたち、撃つなよ。ひと思いに殺《や》ったら、もったいないからな」

羽根木が賀来たち三人に言って、ショットガンの銃口を見城の左胸に向けてきた。

「おれをどうする気なんだっ」

見城は羽根木を見据《す》えた。

「生きたまま、コンクリート・ミキサーの中に投げ込んでやる。おまえのいた穴を生コンで埋めるつもりだったんだよ」

「これでは、もう逃げられないな」

「そんなに簡単に観念する男じゃないはずだ。何を考えてる？」

「何も考えちゃいないよ。もう諦《あきら》めた。ただ、一つだけ教えてくれ。そこにいる桂篤人をどうやって仲間に引きずり込んだんだ？　その謎《なぞ》がまだ解けなくてな」

「いいだろう、教えてやる。桂は新宿の裏通りで、タイ人の男の首を持っていた傘の先で刺して殺してしまったんだよ。その前にタイ人の男に難癖《なんくせ》をつけられて、さんざん殴《なぐ》られたんだ。その仕返しだよ。おれは、たまたま桂の犯行の一部始終を見てた。この男とは、香道を通じて顔見知りだったんだよ。それで、桂が東都テレビの雨宮深雪と恋仲だってことを知ってたのさ」

「その弱みにつけ込んで、桂に雨宮深雪がおまえらのやってることをどこまで嗅ぎつけてるか探《さぐ》らせたんだな」

「その通りだよ。さすがは元刑事だね」

羽根木が言った。

「おまえは自分の殺人が表沙汰《おもてざた》になることを恐れて、エリート官僚の言いなりになってたわけか」

見城は桂に顔を向けた。

「まさか深雪を殺すとは思わなかったから……」

「薄汚ない野郎だ。きさまは、てめえの恋人を売ったんだぞ」

「ばかだったんだ。わたしは、こいつに騙《だま》されてたんだよ」

桂が言うなり、羽根木に体当たりした。

羽根木が呻いて、大きくよろけた。桂はナイフを握り締めていた。羽根木は脇腹《わきばら》を押さえている。

見城は羽根木の手からレミントンM870ショットガンを捥《も》ぎ取り、振り向きざまに賀来たち三人に散弾を浴びせた。三人は腹から膝まで散弾を喰らって、転げ回りはじめた。見城は三人の武器を遠くに蹴った。

「お、おまえ、知ってたのか⁉　おれが死んだタイ人をけしかけて、おまえを殴打《おうだ》させたことを……」

羽根木が苦しげな声で、桂に話しかけた。

「冷静になって考えたら、話ができすぎてると思ったのさ。それで、きさまが仕組んだ罠《わな》だと気づいたんだよ」

「そうだったのか。悪かったよ。どんな償《つぐな》いでもするから、赦《ゆる》してくれ」

「もう遅すぎる。深雪は殺されてしまったんだっ」

桂はいったんナイフを引き抜き、今度は羽根木の心臓部を貫《つらぬ》いた。

羽根木が喉《のど》の奥で、ひっ、と叫んだ。そして、その場に頽《くずお》れた。それきり身じろぎ一つしなくなった。

「あなたには、いろいろご迷惑をおかけしました。どうか気の済むようにしてください」

桂が言った。

「このショットガンで撃ってくれってことか？」

「そうされても、かまいません」

「卑怯《ひきょう》な奴だ。雨宮深雪と栗林道は、そっちに間接的に殺されたようなものだろうが！」

「ええ、そうですね」

「だったら、重い十字架を背負ったまま生き抜け！　それで死んだ二人が赦《ゆる》してくれるかどうかわからないが、それが償《つぐな》いってもんだろうが。違うか？」

「あなたの言う通りでしょうね。わたしが知っていることは何もかも警察で話します。それで、刑に服します」

「そうしろ！　多分、少しは情状酌量《じょうじょうしゃくりょう》されるだろう。ついでに教えてくれ。本栖湖の月村の別荘で水谷華代を殺《や》ったのは、羽根木なんだな？」

「ええ、そうです。水谷さんは羽根木に本気で惚《ほ》れているようでしたが、羽根木のほうは五億円の闇献金を横奪《ど》りするために彼女を利用したんでしょうね。羽根木は、伊豆山の孫娘と婚約してたんですよ。水谷さんの死体は、本栖湖の近くの山林に埋めてあるはずです」

「腐った野郎だ」

見城は、死んだ羽根木の頭を思うさま蹴った。

賀来たち三人を見ると、ぐったりとしていた。死ぬことはないだろう。

「犯人グループを一室に閉じ込めて、早く女たちの足枷《あしかせ》を外してやろう。手伝ってくれ」

見城は桂に言って、踵《きびす》を返した。

すぐに桂が追ってきた。一一〇番通報したら、見城はこっそり姿をくらますつもりだった。

エピローグ

テレビの画像がアップになった。

道場に似た修行場の中央に、青いビニールシートに覆われた死体が転がっている。伊豆山彦左だった。板張りの床には、血溜《ちだ》まりがあった。自業自得だ。

見城は冷笑した。事務所を兼ねた自宅マンションの居間である。時刻は午後二時過ぎだった。

今朝早く『敷島の会』の会長は、白装束《しろしょうぞく》で割腹《かっぷく》自殺を遂《と》げた。懐《ふところ》には、辞世《じせい》の句が入っていた。

見城は桂が警察に通報したのを見届けると、要塞じみた建物をそっと出た。林道を下《くだ》りきったとき、百面鬼の覆面パトカーが目に入った。

百面鬼は車の中で、地図を見ていた。

やくざ刑事は見城のことが気になり、『敷島の会』の本部に行ったようだ。本部の近く

たらしい。

百面鬼はそれで見城が敵の手中に落ちたことを知り、留守番の男から監禁場所を探り出したという。しかし、途中で道に迷ってしまい、榛名湖の周辺をいたずらに走り回っていたらしい。

二人はすぐに東京に舞い戻った。

千代田区一番町《いちばんちょう》にある伊豆山の自宅を訪ねたが、家の主《あるじ》は少し前に国分寺の『敷島の会』の本部に出かけたという。

見城たちは国分寺に車を走らせた。

本部の建物は固く戸締まりされていた。見城たち二人はドアをぶち破って、中に入った。すると、二階の修行場で一連の事件の首謀者が自害していた。見城は後の処理を百面鬼に任《まか》せ、ＢＭＷで帰宅したのである。

「伊豆山の自宅の書斎にあったノートには、恐るべき抹殺計画の詳細が記《しる》されていました。実行部隊のリーダーは、大蔵省の若きエリートだった羽根木努、三十二歳でした。羽根木はマスコミの大蔵省批判が高まったころから仕事に対する情熱を失い、伊豆山の狂った犯罪計画に加速度的にのめり込んでいったようです。その羽根木を刺殺したと自供している丸菱物産の元社員桂篤人、三十一歳は取り調べに協力的です。間もなく事件の全貌《ぜんぼう》が明らかになるでしょう」
三十四、五歳の男性記者が少し間《ま》を取り、首謀者の経歴を語りはじめた。
そのとき、部屋のインターフォンが鳴った。

見城はテレビの電源スイッチを切り、玄関に急いだ。来客は綿引映美だった。

「今朝は、お電話をありがとうございました」

「とりあえず、中にどうぞ」

見城は映美を居間に導いた。

映美は淡い灰色のスーツを着ていた。ウールコートは黒だった。知的な美しさが眩《まばゆ》い。

「首謀者の伊豆山をこの手で警察に突き出してやりたかったんだが……」

向かい合うと、見城は先に言葉を発した。

「伊豆山彦左があんな死に方をしたんで、パーフェクトに恨《うら》みを晴らしたという気持ちではありませんけど、これで従妹《いとこ》の留衣も成仏《じょうぶつ》できると思います。ありがとうございました」

「いや、いや」

「見城さんがいなかったら、わたしも水無瀬千夏さんと同じように拉致《らち》され、好きでもない男性の精子を体内に注入されていたでしょう。そう考えると、ぞっとします」

「だろうね」

「実はここに来る前に、水無瀬さんの収容された病院に寄ってきました」

「そう。彼女は、お腹《なか》の子をどうするんだろうか」

「中絶手術は体質的にできないということもあるのでしょうけど、水無瀬さんはカトリック信者なんですよ。だから、堕胎《だたい》はしないつもりだと言っていました」

「宗教上のこともあるんだろうが、納得できない出産だろうな。産む側も産み落とされる子もね」

「ええ、悲劇だと思います。多くの方は中絶手術や人工早産の処置を受けるんじゃないかしら？」

「そうだろうね。レイプされたようなもんだからな」

「ええ、そうですよね」

　映美が同調した。

　ちょうどそのとき、電話が鳴った。見城は映美に断って、長椅子《ながいす》から立ち上がった。

　机の上の親電話の受話器を取ると、元依頼人の橋口容子の悲鳴混《ま》じりの声が耳を撲《う》った。

「やっぱり、わたしはストーカーに狙《ねら》われてるのよ。このままじゃ、頭がおかしくなっちやうわ。わたしを執拗《しつよう》に尾行してる男の正体を突き止めて！」

「先日も言いましたが、気のせいですよ」

「そんなこと、絶対にないわ。付け回されてるのよ、わたしは」

「そんなに気になるんなら、ベランダに男物のトランクスでも干しとくんだね」

「そんな子供騙《だま》しの手じゃ、ストーカーは撃退できないでしょ！」

「だったら、いっそ引っ越すんだな」

「そんな無責任なことがよく言えるわねっ。呆《あき》れちゃうわ」

「無責任？」

見城は聞き咎《とが》めた。

「ええ、無責任よ。あなたの調査が甘かったから、いまもわたしはこうしてび、い、いくびくしてるんじゃないの」

「こっちの調査報告が納得できないって言うんだったら、別の探偵社に再調査してもらうんだね」

「そうするわよ。だから、こないだ払った調査費を返してちょうだい！」

容子が喚《わめ》いた。

「金は、いつでも返してやる」

「それじゃ、これから取りに行くわ」

「待ってくれ。そっちと顔を合わせると、こっちがノイローゼになりそうだから、貰《もら》った金は現金書留で送り返してやるよ」

「失礼ね！　わたしをストーカー扱いする気なのっ」

「悪いが、来客中なんだ」

見城は受話器を荒々しく置き、長椅子に戻った。

「何かクレームの電話のようでしたね？」

「被害妄想気味の元依頼人からの電話だったんだ。ストーカーにつけ狙われてると言ってたんだが、調査してもそういう気配はなかったんだよ」

「探偵さんも、大変ですね」

「まあね。しかし、悪いことばかりじゃない。気楽だし、時たま、きみのようないい女が依頼人になってくれるからな」

「そんな歯の浮くようなことをおっしゃって」

映美が睨《にら》む真似《まね》をした。

「こっちは生まれてこの方、他人《ひと》にお世辞《せじ》なんか言ったことないよ」

「そんなふうに女性の心を甘くくすぐって、大勢の方を惑《まど》わせてきたんでしょ？」

「きみは美しくて聡明《そうめい》だ……」

見城は映美の顔を正視した。映美が恥じらい、小さくほほえんだ。見城は目を逸《そ》らさなかった。映美の眼差《まなざ》しが熱くなった。目の光が強い。脈がありそうだ。もう一押しだろう。

見城は視線を熱っぽく絡《から》めた。

その直後、玄関のドアが乱暴に開けられた。いつも無断で入ってくるのは百面鬼だけだった。見城は悪い予感を覚えた。やはり、新宿署のやくざ刑事が居間にずかずかと入ってきた。

「百《どう》さん、インターフォンぐらい鳴らしてほしいな。来客中なんだから」

見城は苦笑した。

「何か見られちゃまずいことでもしてたのか、二人でさ」

「人を見て冗談を言ってくれよ。お客さんを紹介しよう。綿引映美さんだ」

「初めまして、綿引です」

映美が腰を浮かせ、折目《おりめ》正しく挨拶《あいさつ》をした。

「お嬢さん、この男には気をつけたほうがいいよ。依頼人が若い女だと、すぐ妊娠させちゃうんだから」

「百《どう》さん、悪い冗談はよしてくれよ。綿引さんが真《ま》に受けちゃうじゃないか」

見城は焦《あせ》って抗議した。

百面鬼がにやにやして、映美のかたわらにどっかと坐《すわ》った。映美は急に落ち着きを失った。どうやら百面鬼の冗談を真に受けたようだ。調査費用を払うと、映美はあたふたと帰ってしまった。

「残念だったな、見城ちゃん！」

百面鬼が言って、さも愉快そうに笑った。

「くそっ、あと少しで口説《くど》けたかもしれないのに」

「わかってねえな、見城ちゃんは。おれは親切心から、いいムードをぶっ壊してやったんじゃねえか。あんな真面目そうな女をコマしたら、ほんとに熱川会の会長が鉄砲玉《てっぽうだま》を放つぜ」

「そうかな」

「見城ちゃん、おれに隠し事はよくねえな」

「隠し事？」

「群馬県警の話だと、精子の入ってた試験管のラベルがなぜか五十枚前後、剥《は》がされてたらしいんだ」

「ラベルを剝がしたのが、このおれだって疑ってるわけ⁉」

見城は空とぼけた。

「そっちしか考えられないじゃねえか。精子提供者から、小遣いせびるつもりなんだろうが？」

「このおれが、そんな小悪党みたいなことをすると思う？」

「出し渋ってると、こっちの獲物をひとり占《じ》めしちまうぞ」

百面鬼がサングラスの奥の鋭い目を細め、上着の内ポケットからメモリーを抓《つま》み出した。

「そいつに、『敷島の会』の会員名簿が入ってるんだな？」

「当たり《ビンゴ》！　群馬の監禁場所を喋《しゃべ》らせたついでに、本部のパソコンルームから失敬してきたんだよ。錚々《そうそう》たる連中の名前がずらりと並んでた。毎朝日報の唐津の旦那《だんな》がこの会員名簿を見たら、涎《よだれ》を垂《た》らして欲しがるだろうな」

「悪党め！」

「見城ちゃん、観念して盗《ギ》ったラベルを出せや。二人で『敷島の会』の秘密会員だった名士《セレブ》と精子提供者の超エリートどもから、しこたま銭を寄せようぜ」

「おれの負けだ。いま、ラベルを持ってくるよ」

見城は長椅子から立ち上がった。

およそ五十枚のラベルは、スチールデスクの最下段の引き出しの奥に仕舞《しま》ってあった。

「今年は、おれもリッチになるぜ。桃子の夢を叶《かな》えてやりてえからな」

百面鬼が明るく叫んだ。

見城は引き出しを勢いよく開け、〝金のなる紙〟を取り出した。揺さぶりようによっては、これだけで百億円にはなるだろう。見城はソファセットに戻った。

「百《ど》さん、しばらく集金で忙しくなるよ」

「だろうな」

二人は右手の掌《てのひら》を強く叩《たた》き合った。ハイタッチだった。

快音が室内に響き渡った。

著者注・この作品はフィクションであり、登場する人物および団体名は、実在するものといっさい関係ありません。

本書は、二〇一五年十二月に徳間文庫から刊行された作品に、著者が大幅に加筆修正したものです。

一〇〇字書評

切り取り線

暴虐

購買動機（新聞、雑誌名を記入するか、あるいは○をつけてください）	
□（　　　　　　　　　　）の広告を見て	
□（　　　　　　　　　　）の書評を見て	
□ 知人のすすめで	□ タイトルに惹かれて
□ カバーが良かったから	□ 内容が面白そうだから
□ 好きな作家だから	□ 好きな分野の本だから

・最近、最も感銘を受けた作品名をお書き下さい

・あなたのお好きな作家名をお書き下さい

・その他、ご要望がありましたらお書き下さい

住所	〒				
氏名		職業		年齢	
Eメール	※携帯には配信できません	新刊情報等のメール配信を 希望する・しない			

この本の感想を、編集部までお寄せいただけたらありがたく存じます。今後の企画の参考にさせていただきます。Eメールでも結構です。

いただいた「一〇〇字書評」は、新聞・雑誌等に紹介させていただくことがあります。その場合はお礼として特製図書カードを差し上げます。

前ページの原稿用紙に書評をお書きの上、切り取り、左記までお送り下さい。宛先の住所は不要です。

なお、ご記入いただいたお名前、ご住所等は、書評紹介の事前了解、謝礼のお届けのためだけに利用し、そのほかの目的のために利用することはありません。

〒一〇一－八七〇一
祥伝社文庫編集長　坂口芳和
電話　〇三（三二六五）二〇八〇

祥伝社ホームページの「ブックレビュー」からも、書き込めます。
www.shodensha.co.jp/bookreview

祥伝社文庫

暴虐《ぼうぎゃく》　強請屋《ゆすりや》稼業《かぎょう》

令和 2 年 5 月 20 日　初版第 1 刷発行

著　者　南《みなみ》　英男《ひでお》

発行者　辻　浩明

発行所　祥伝社《しょうでんしゃ》

東京都千代田区神田神保町 3-3
〒 101-8701
電話　03（3265）2081（販売部）
電話　03（3265）2080（編集部）
電話　03（3265）3622（業務部）
www.shodensha.co.jp

印刷所　堀内印刷
製本所　積信堂
カバーフォーマットデザイン　芥 陽子

 ISBN978-4-396-34627-0 C0193